首売り長屋日月譚

刀十郎と小雪

鳥 羽　亮

幻冬舎文庫

首売り長屋日月譚

刀十郎と小雪

目次

第一章　珍商売

1

……さァ、さァ、首だよ！　生首だよ。……ちかくに寄って、御覧なさいな。首だよ、獄門台の晒《さら》し首だよ！

若い娘が、声を張り上げている。歳《とし》は十六、七であろうか。色白のうりざね顔、鼻筋のとおった美人である。町娘ではないようだ。水色の小袖《こそで》に朱の肩衣《かたぎぬ》、紫地の短袴《たんこ》という派手な身装《みなり》である。軽業師か、それとも女講釈師か。口上にも、客を呼び込むような声量とひびきがあった。

娘のすぐ脇に、獄門台を模したと思われる台が置かれ、その上に人の首が三つ、通りの方へ顔をむけて並んでいる。台には、人目を引くためらしい、派手な木綿の白布が垂れ下がり、「首代百文也」と記された紙が貼ってあった。

台にむかって右手には、ざんばら髪で苦しそうに顔をゆがめ、顎《あご》のあたりがどす黒い血に染まっているいかにも極悪人らしい男、左手には、ぼさぼさの垂髪で蒼《あお》ざめた顔をし、半顔を血で真っ赤に染めている女、そして、真ん中には、目をとじている端整な顔立ちの若侍らしい男の首が乗せられている。

よく見ると、左右の男女は張りぼての人形の首らしい。それに比べて、真ん中の首は妙に生々しかった。肌は陽《ひ》に灼《や》け浅黒く、目尻の皺《しわ》や鬢《びん》の生え際まで生首そのものである。

いや、生きているらしい。ときおり瞼《まぶた》や唇の端などが動いている。どうやら、台の下に男が入り、台にあけた穴から首だけ出しているようだ。台から垂れた布で、体を隠しているのだ。

娘の声に、大勢の通行人が足をとめて極門台の方に集まってきた。どの顔にも驚きと恐怖、それに好奇の色がある。

そこは、江戸でも屈指の盛り場である両国橋の西の橋詰、両国広小路である。娘が立っているのは、楊弓場の脇《わき》の大川の川岸近くだった。

広場には床店《とこみせ》、水茶屋、茶店、見世物小屋、おででこ芝居の小屋などが、びっしりと建ち並び、店者《たなもの》、ぼてふり、供連れの武士、僧侶、町医者、町娘、子供連れの女房、風呂敷包みを背負った行商人……様々な身分の老若男女が行き交っている。

靄《もや》のような砂埃《すなぼこり》につつまれた人混みのなかから、男の話し声、子供の泣き声、町娘の笑い声、大道芸人の客を呼ぶ声、馬の嘶《いなな》き、駕籠《かご》かきの掛け声などが、耳を聾《ろう》するほどに聞こえてくる。まさに、雑踏の坩堝《るつぼ》である。

そうした騒音に負けないよう、極門台の前に立った娘は、

「さァ、お客さん、この首だよ！　よォく、見ておくれ」

と声を張り上げ、獄門台の上の真ん中の首を指差した。

すると、若侍らしき男の顔が目をひらき、集まった客たちを眺めまわすように黒目を動かした。

キャッ！　と娘のひとりが悲鳴を上げて、母親らしき女の肩先にしがみついた。生首が目をあけたと思ったらしい。

それを見て、客の男のなかから笑いが起こった。おそらく、この獄門台の晒し首の見世物を、前にも見たことがあるのだろう。

「お客さん、この生首が、何と、百文。斬るなり、突くなり、勝手だよ。刀、槍《やり》、木刀、なんでも好きな物を使っておくれ」

娘はそこまでしゃべると、極門台の脇に移動し、そこに立っている立て札を指差しながら、

「さァ、これを見ておくれ。三十文で、好きな武器《えもの》をお貸ししますよ」

と、声を張り上げた。

その立て札には、『腕試、気鬱晴《きうつばらし》、首代百文也。刀、槍、木刀、薙刀《なぎなた》勝手次第。又、借用ノ者、三十文也』と記してあった。

立て札は、晒し首の罪状と刑罰を記した捨て札を模した作りになっていた。ずいぶん古い物らしく、木肌は黒ずみ、記された文字は薄れてはっきり読み取れないほどになっている。獄門台の後ろの川岸近くに背負《しょ》い籠《かご》が置いてあり、なかに拵《こしら》えの粗末な刀、古い槍、薙刀、木刀などが入れられていた。三十文出せば、それを遣ってもいいということらしい。

「おい、姐《ねえ》ちゃん、そこにある刀で、真ん中の生首を斬《き》ってもいいのかい」

客のなかから、男が声を上げた。大柄で、浅黒い顔の男だった。大工らしい。道具箱を肩にし、丼《どんぶり》（腹掛けの前隠し）に黒の半纏《はんてん》姿である。まだ、七ツ（午後四時）ごろだったので、仕事帰りにしてはすこし早い。請け負った仕事が一段落して、早帰りの途中なのかもしれない。

「そうだよ。刀で斬ろうと、槍で突こうとかまわないよ」

娘が、他の客たちにも聞こえるように言った。美貌《びぼう》に似合わず、男のような物言いである。

「よし、おれが、その首をたたっ斬ってやる」

男は脇にいた相棒らしき男に道具箱を渡すと、人垣を分けて前に出てきた。

　すると、獄門台の生首がチラッと男に目をくれたが、表情も動かさず、目をとじてしまった。

「百文ですよ。それに、籠の刀を遣うなら、三十文」

　娘が男に言った。

「百三十文だな」

　男は巾着を懐から取り出し、銭をつかみだして娘に渡した。

「こいつを借りるぜ」

　男は籠のなかの黒鞘《くろざや》の刀を手にした。

　顔が赭黒《あかぐろ》く紅潮し、目がギラギラひかっている。男は、獄門台の首が生身の侍らしいことを知っている。いま、その侍を頭から刀で斬り割ろうとしているのだ。興奮して当然だろう。

「姐ちゃん、ほんとにこの刀で、斬ってもいいんだな」

　男は念を押すようにもう一度訊《き》いた。

「かまわないから、やっておくれ」

　娘は笑みを浮かべながら、脇に身を移した。

　男は獄門台の真ん中の生首の前に立つと、

「いくぜ」

と、声をかけて刀を大上段に振りかぶった。目がつり上がり、口をへの字にひき結んでいる。へっぴり腰だが、全身に勢いがあった。本気で、生首を斬り割ろうとしているようだ。

辺りが急に静まり返った。集まった客たちは固唾《かたず》を呑《の》んで、刀を振り上げた男と生首を見つめている。

そのとき、生首が目をあけた。無言のまま、男の動きを見つめている。

エエイッ！

男が甲走った気合を上げ、力まかせに刀を振り下ろした。閃光《せんこう》が生首の頭頂を襲う。

見物している客の間から、ヒイッ、という悲鳴が聞こえた。

切っ先が生首の頭を斬り割った！

そう、だれの目にも見えた瞬間、ガツという音がし、刀身が晒し台の厚い板に食い込んだ。

生首が消えた！

と、集まった客たちの目には映った。

何のことはない。生首の主が、一瞬迅《はや》く台から首をひっ込めただけなのだが、それがあまりに迅かったため、首が消えたように見えたのだ。刀身が頭頂にとどく寸前まで動かず、間一髪、首をひっ込めて斬撃《ざんげき》をかわしたのである。

いっとき、集まった客たちは声を失っていたが、生首の主が獄門台の穴からヌッと顔を出すと、一瞬の迅技で男の斬撃をかわしたことに気付いた。

客たちの間から拍手が起こり、肝を潰《つぶ》したぜ、まったくてえしたもんだ、ありァ、剣術遣いだぜ、そんな感嘆の声があちこちから聞こえた。

刀で斬りつけた男は、手にした刀は台から引き抜いたが、呆気《あっけ》にとられたような顔をしたまま獄門台の前につっ立っていた。

「おぬし、なかなかの腕だな。あやうく、頭を斬り割られるところだったぞ。どこかで、剣術の稽古《けいこ》でもしたことがあるのか」

生首が、静かな声音で訊いた。武士らしい物言いである。

「じょ、冗談じゃァねえ。刀を持つのも、初めてよ」

男が声をつまらせて言った。顔が赤くなっている。ただ、褒められて気をよくしたらしく、顔に不満そうな表情はなかった。

「それにしては、いい腕だ。筋がいいのかもしれんな」

生首がさらに褒めた。

「おめえこそ、てえしたもんだぜ。おれは、ほんとに斬っちまったかと思って肝を潰したぜ」

そう言うと、男はそばに近寄ってきた娘に、刀を抜き身のまま渡して踵《きびす》を返した。

男が人混みのなかに消えると、

「さァ、お客さん、この生首がたったの百文だよ。斬るなり、突くなり勝手だよ」

娘がふたたび声を張り上げた。

これが、生首役の男と娘の商売である。大道芸人やふたりのことを知っている客たちからは、首屋とか首売りとか呼ばれていた。

2

「腕試しをさせてもらおうか」

集まった客のなかから、声が聞こえた。

人垣を分けて前に出てきたのは、武士である。羽織袴姿で二刀を帯びていた。御家人か江戸勤番の藩士といった身装《みなり》である。供がいないところを見ると、それほど身分のある者ではないだろう。

歳のころは二十代半ば、眉《まゆ》が濃く、眼光の鋭い剽悍《ひょうかん》そうな男である。肌が浅黒いのは、陽に灼けたせいらしい。

生首の主が、チラッと武士に目をむけた。その顔に驚きと緊張がはしったが、すぐに平静《じっ》な顔にもどった。ただ、今度は目をとじなかった。切れ長の目を、近寄ってくる武士に凝《じっ》とむけている。

「刀を遣うかい。それとも、槍かい」

娘が訊いた。

見ると、娘の顔にも緊張があった。武士にむけられた目には、相手の腕のほどを見極めようとする鋭いひかりがあった。

娘は武士が遣い手らしいと見たのだ。武士の太い首、厚い胸、どっしりと据わった腰などから、長年武芸の修行で鍛えた強靭《きょうじん》な体であることが分かったからである。

「おれは、これでいい」

武士は腰の刀に手を伸ばした。

無骨な大小だった。柄巻《つかまき》は黒糸の平巻。透かし彫や象嵌《ぞうがん》などの飾りがない丸鍔《まるつば》。鞘は色褪《いろあ》せた黒塗り。いかにも、実戦本位の拵えである。

「それなら、首代、百文だよ」

娘は武士の前に手を出した。

「分かった」

武士は懐から財布を出し、一朱銀をつまみ出すと、つりはよい、と言って娘に手渡した。

「まいるぞ」

武士は生首の前に立った。

生首は武士と目が合うと、ちいさくうなずいた。顔はいくぶんこわばっていたが、恐れや怯《おび》えの色はなかった。顔がかすかに紅潮し、鋭い双眸《そうぼう》には燃えるようなひかりが宿っている。好敵手との対戦に胸を高鳴らせているような顔付きにも見えた。

武士はゆっくりとした動きで抜刀し、切っ先を生首の目線に合わせた。やや低いが、青眼《せいがん》の構えである。

剣尖《けんせん》に、そのまま突いてくるような威圧があった。隙《すき》のない、どっしりと腰の据わった構えである。

生首と武士との間合は、およそ三間。まだ、斬撃の間ではない。武士が趾《あしゆび》を這《は》うようにさせながら、ジリジリと間合をせばめてきた。対する生首は、瞬きもせず凝と武士の動きを見つめている。

辺りが急に静まり返った。集まった客たちは息を呑んで、武士と生首を見つめている。武芸の心得のない町人たちにも、一撃で勝負を決する真剣勝負の緊迫感が伝わってくるのだ。

娘は武器の入った籠の脇で顔をこわばらせ、ことの成り行きを見つめている。娘は内心、生首役の男にもしものことがあれば、籠のなかの槍をつかんで武士に挑む気になっていた。娘にも武芸の心得があったのである。

ふと、武士が寄り身をとめた。刀身を上げていった。一足一刀の間境のなかに踏み込んだのである。武士はゆっくりとした動きで、刀身を上げていった。上段に構えをとるらしい。刀の動きにつれて、武士の全身に気勢が満ち、斬撃の気が高まってきた。刀身が夕陽を反射《はね》て、淡い蜜柑《みかん》色のひかりの弧を描いていく。

上段で刀身がとまった刹那《せつな》、武士の全身に斬撃の気がはしった。

タアッ！

裂帛《れっぱく》の気合とともに、武士の体が躍った。

踏み込みざま真っ向へ。稲妻のような閃光がはしった。

切っ先が生首の頭頂をとらえたと見えた瞬間、その顔が消えた。間一髪、生首の主が体を沈めて首をひっ込めたのだ。

武士の刀身が、台から一寸ほどの間を残してピタリととまった。武士は手の内を絞って台に斬り込む寸前で、刀身をとめたのである。

武士はゆっくりと刀を引くと、相好《そうごう》をくずした。

すると、生首が台から顔を出し、口元に笑みを浮かべて皓《しろ》い歯を見せた。

「刀十郎《とうじゅうろう》、久し振りだな」

武士が目を細めて懐かしそうに言った。

「秋元《あきもと》、おぬし、いつ江戸へ出て来た」

刀十郎と呼ばれた生首の主が訊いた。

生首の男の名は島田《しまだ》刀十郎。一方、武士の名は秋元小三郎《こさぶろう》である。ふたりは、旧知の仲だったのである。

「三日前にな。……挨拶《あいさつ》代わりの腕試しは済んだ。そこから出てこい。どうも、生首と話しているようで、落ち着かぬ」

秋元が苦笑いを浮かべて言った。

「おお、そうだったな」

刀十郎は獄門台から首を抜き、後ろから立ち上がった。

ふたりのやり取りを聞いた娘は、刀十郎と秋元が親しい間柄であることを知って、笑みを浮かべて近付いてきた。

「この方が、小雪《こゆき》どのか」

秋元が刀十郎に小声で訊いた。

「そうだ。……じ、実は、昨年の秋、祝言を挙げたのだ」

刀十郎が顔を赤くして言った。

刀十郎と小雪は夫婦だった。まだ、祝言を挙げて半年ほどである。小雪は娘ではなく、新妻だったのである。

「それは、めでたい。似合いの夫婦ではないか」

秋元が小雪に目をむけると、

「小雪でございます」

小雪が小声で言って、頰《ほお》を赤らめた。

「どうだ、近くにうまいそば屋がある。そこで、話さんか」

刀十郎が周囲に目をむけて言った。

すでに、ほとんどの客は立ち去っていたが、まだ数人残っていて、ふたりのやり取りに耳をかたむけていたのだ。

「それがいい」

秋元はすぐに同意した。

獄門台のふたつの人形の首は布につつんで籠に入れ、小雪が背負った。刀十郎は、刀槍、薙刀、立て札などを紐《ひも》で縛って小脇にかかえた。そうやって、ふたりは商売道具を持ち運んでいたのである。

3

三人は、大川端を川下にむかって歩きだした。陽は西の家並の向こうに沈み、大川の川面は残照を映して、淡い鴇《とき》色に染まっていた。風のない穏やかな夕暮れ時で、川面も静かである。夕陽のなかを、客を乗せた猪牙《ちょき》船、屋形船、荷を積んだ艀《はしけ》や高瀬舟などがゆったりと行き来している。

「江戸に出てすぐ、江崎《えざき》どのから、おぬしが両国広小路で首屋なる珍商売をしていると聞いてな。来てみたのだ」

歩きながら、秋元が言った。

秋元は陸奥国《むつのくに》彦江藩《ひこえはん》の家臣であった。刀十郎が知っている秋元は、徒目付《かちめつけ》で五十石を食《は》んでいたはずである。なお、江崎仙之助《せんのすけ》は江戸勤番の藩士で、使番《つかいばん》をしていると聞いたことがある。

「遊んでいては、暮らしが立たないのでな。舅《しゅうと》どのに頼んで、やらせてもらったのだ。……大道芸と馬鹿にする者もいるが、結構おもしろいぞ。それに、金にもなる」

刀十郎は屈託のない顔で言った。

舅は小雪の父で、島田宗五郎《そうごろう》という名である。首屋なる珍商売を始めたのは、宗五郎だった。宗五郎はしばらく道場主だったこともあるが、およそ十年の間、小雪とふたりで両国広小路で首屋をして口を糊《のり》していた。ところが、娘の小雪が所帯を持ったのを機に、入り婿である刀十郎に仕事をゆずって隠居した。隠居といっても、何もせずに遊んでいるわけではなく、頼まれて長屋の大家をしている。

「武家奉公より、いいかもしれんな」

秋元がつぶやくように言った。その顔に苦悶《くもん》の表情が浮いている。

「ところで、おぬし、江戸詰めを命じられたのか」

刀十郎が訊いた。

「いや、そうではない……」

秋元は語尾を濁した。この場では言いづらいのか、秋元は視線を落としたまま黙っている。

何か事情があって、出府したようである。

刀十郎は気になった。刀十郎自身、彦江藩とは深いかかわりがあったからである。

実は、刀十郎の父親の藤川仙右衛門《ふじかわせんえもん》も彦江藩の徒目付で五十石取りだった。刀十郎は藤川家の次男で、すでに兄の清太郎《せいたろう》が家を継いでいた。冷や飯食いである刀十郎は、何とか剣で身を立てたいと思い、少年のころから領内にひろまっている真抜流《しんぬき》の剣術道場に通い、藩でも名の知れた遣い手になった。その道場で同門だったのが、秋元である。刀十郎と秋元はほぼ同じころ入門し、年齢も近かったので、すぐに親しくなった。

刀十郎は領内で剣名をあげたが、仕官など思いもよらなかった。彦江藩は四万八千石の小藩であり、財政もかなり逼迫《ひっぱく》していたため、新たに家臣を召し抱えるような余裕はなかったのである。

刀十郎が悶々とした日々を過ごしていたおり、真抜流の達人であり、以前彦江藩の家臣でもあった島田宗五郎が江戸で道場をひらいたとの噂《うわさ》を耳にした。

その噂を聞き、刀十郎は江戸に出て剣名を上げれば、将来の道もひらけるのではないかと思った。そこで、父を通して藩に、江戸に出て島田道場で剣の修行を積みたい旨を願い出たのだ。藩の重臣たちも刀十郎が真抜流の遣い手であることは知っていたし、江戸に置けば何か利用できることがあるかもしれないとの思惑もあって、刀十郎の出府を許した。ただし、藩からの扶持《ふち》は得られなかったので、刀十郎は島田道場に住み込み、下働きのような仕事をしながら稽古に励んだのである。

その道場で知り合ったのが、宗五郎の一人娘の小雪だった。ふたりは、いつしか心を通じ合うようになり、半年ほど前に、宗五郎の許しを得て祝言を挙げたのである。

ところが、刀十郎が小雪と祝言を挙げて間もなく、宗五郎は道場をとじてしまった。理由は門弟が集まらなかったことである。

真抜流は彦江藩の領内にひろまっている土着の流派で、木刀を遣った実践本位の稽古をおこなっていた。型稽古が中心だったが、ときには簡単な防具をつけて木刀で打ち合うこともあり、稽古は荒々しく激しかった。

この時代（嘉永年間）、江戸で隆盛していた北辰一刀流《ほくしんいっとう》、神道無念流《しんとうむねん》、鏡新明智流《きょうしんめいち》などは、竹刀《しない》と防具を遣った試合形式の稽古を取り入れていた。

そうしたこともあって、真抜流は古流の田舎臭い剣術とみなされ、江戸在住の武士から敬遠されたのである。

門弟は彦江藩の家臣ばかりで、それもわずかだった。宗五郎は、このまま道場をつづけても門弟は減るばかりで、暮らしもたちゆかなくなるとみて、早々と道場をたたみ、元の首屋にもどったのである。未練はなかった。宗五郎自身、気楽な首屋の方が性に合っていたのである。

刀十郎は大川端を歩きながら、

「藩内で何かあったのか」

と、声をあらためて秋元に訊いた。

江戸勤番ということなら分かるが、そうでなければ、特別な事情があってのことであろう。

「いろいろあってな。……実はおぬしにも手を借りたいのだが、腰を落ち着けてから話そう」

そう言って、秋元は口をとじた。

広小路を抜け、薬研堀《やげんぼり》の手前まで来ると、刀十郎が足をとめ、

「ここだよ」

と言って、道沿いにあったそば屋を指差した。店先に笹吉《ささよし》と染め抜かれた暖簾《のれん》がかかっていた。屋号らしい。

笹吉の暖簾をくぐると、土間のつづきに広い追い込みの座敷があった。間仕切りがしてあり、何人かの客がそばをたぐったり酒を飲んだりしていた。

刀十郎たち三人は、話を聞かれないように隅の席に腰を下ろした。

「酒はどうする」

刀十郎が訊いた。

「いや、酒はまたの機会にしたい」

秋元が殊勝な顔をして言った。酒を飲むような気分にはなれない状況なのであろう。

刀十郎は注文を訊きに来た小女《こおんな》に、三人前のそばを頼んだ。

小女が離れたところで、

「実は、上意討ちを命ぜられたのだ」

と、秋元が声をひそめて言った。

「上意討ちだと！」

思わず、刀十郎が鸚鵡《おうむ》返《がえ》しに言った。

「無念《むねん》流の小俣《おまた》藤次郎《とうじろう》という男を知っているか」

「噂は聞いている」

彦江藩の領内には、真抜流だけでなく無念流もひろまっていた。小俣は無念流の遣い手として知られた男だった。ただ、軽格で三十石ほどの家柄のはずである。

「小俣が、御側《おそば》役の宇津木《うつぎ》新左衛門《しんざえもん》さまを斬って出奔したのだ」

「なにゆえ、宇津木さまを斬ったのだ」

御側役は重職だった。それに、宇津木は年配のはずだった。小俣と宇津木との間で確執があったとは思えない。

「分からぬ。錦町《にしきまち》のきぬた屋を知っているか」

「名だけはな」

錦町は城下の西にあり、遊女を置いた茶屋、料理屋、飲み屋などが集まっている色街だった。きぬた屋は、錦町でも名の知れた料理屋の老舗《しにせ》である。

「小俣は、宇津木さまがきぬた屋から帰る途中、待ち伏せて斬ったのだ。私怨《しえん》らしい。……小俣は剣の腕が立つことから徒組の小頭《こがしら》に推挙されたが、宇津木さまが反対されて実現しなかった。そのことを恨んでの犯行とみられている」

「よく、小俣に斬られたと分かったな。見ている者がいたのか」

夜中の待ち伏せでは、下手人がだれかはっきりしないはずである。

「小俣は鱗返《うろこがえ》しを遣ったのだ」

「鱗返しだと！」

思わず、刀十郎の声が大きくなった。

領内にいるとき、刀十郎は鱗返しの噂を聞いていた。小俣が独自に工夫した必殺剣だという。

見たことはないが、初太刀《しょだち》を袈裟《けさ》に斬り下ろし、刀身を返しざま二の太刀を水平に払う。その連続技が神速で、刀身を返す瞬間、魚鱗《ぎょりん》のようにひかることから鱗返しと呼ばれているそうである。

「宇津木さまは袈裟に浅く斬られ、さらに腹を深くえぐられていた。その傷痕《きずあと》から鱗返しとみたのだ」

「なるほど」

そこまで話して、秋元は視線を膝先《ひざさき》に落として口をつぐんだ。次に口をひらく者がなく、座は重苦しい沈黙につつまれたが、刀十郎が顔を上げて、

「なにゆえ、おぬしが？」

と、訊いた。私怨による斬殺なら、宇津木の親族が仇討《あだう》ちを願い出るのが筋ではないか、と刀十郎は思ったのである。

「宇津木家には、七つになる娘御と五つの嫡男がおられるだけで、親族も仇討ちは難しいとみたのだろう。……実は、おれの家は宇津木家の遠縁にあたるのだ。それに、おれは独り者だし、真抜流の道場に長年通っていることもあろうな。上意討ちといっても、敵討《かたきう》ちの色合いが濃い」

秋元が苦笑いを浮かべて言った。

「そういうことか」

真抜流の遣い手として知られている秋元に、白羽の矢が立ったようである。おそらく、宇津木家から藩の重臣に相談があって、上意という名目にしたのだろう。

「そういうわけで、江戸へ出て来たのだが、まだ小俣の居所もつかんでいないのだ」

秋元によると、江戸勤番の彦江藩士が、日本橋通りを歩いている小俣の姿を見かけただけで、どこに住み、何をしているのかも分かっていないという。

「………」

「それで、おぬしに頼みがあるのだ」

秋元が声をあらためて言った。

「頼みとは」

「おぬしは、江戸でも有数の人通りの多い場所で、通行人相手の商売をしている。小俣を見かけたら、知らせて欲しいのだ」

どうやら、秋元にはこの依頼もあって、両国広小路に足を運んできたようだ。

「かまわんが、おれに小俣の顔が分かるかな」

数年前、小俣の横顔を見たことがあるが、はっきり覚えていなかった。それに、身装《みなり》も国許にいるときとはちがうだろう。

「面長で鼻の高い男だ。それに、目付きが鋭い」

秋元が言った。

「うむ……」

それだけでは、どうにもならない。似たような顔容《かんばせ》の男はいくらもいるだろう。

「他に、小俣と特定できるものがある」

「何だ」

「鱗返しだ」

秋元が目をひからせて言った。

「なるほど」

鱗返しは、他の者に真似《まね》はできないだろう。ただし、抜かせてみなければ、分からないのだ。

4

浅草茅町《かやちょう》、表長屋や小体《こてい》な店がごてごてと連なる裏路地に、長屋へつづく路地木戸があった。その木戸の脇に、宗五郎店と張り紙がしてある。

島田宗五郎が大家を務める長屋だが、だれも宗五郎店と呼ぶ者はいない。長屋のことを知っている者は、首売り長屋と呼んでいた。大家になる前、宗五郎が首売りという奇妙な大道芸で、口を糊していたからである。

宗五郎は江戸に出て長屋に住むようになるまで、彦江藩の馬廻り役で三十五石を食んでいた。ところが、真抜流の達人だったことから藩の内紛に巻き込まれ、当時労咳《ろうがい》をわずらっていた妻の鶴江《つるえ》の薬代を得るためもあって、剣の立ち合いという名目で上役を斬ってしまう。

鶴江は夫が自分のために兇刃《きょうじん》をふるったことを知って自害し、宗五郎は藩の追っ手から逃れるために七つになった小雪とともに国許《くにもと》を出奔し、着の身着のままで江戸へ逃れてきた。

だが、宗五郎には江戸に知己もなく、暮らしの糧を得る仕事もなかった。父娘《おやこ》が途方にくれ、両国広小路近くの大川端の石垣に腰を下ろしていると、堂本竹造《どうもとたけぞう》という男に声をかけられた。堂本は、大道芸人や小屋掛けの芸人などの元締めをしている男だった。

堂本は事情を訊き、宗五郎が真抜流の達人であることを知ると、

「武士の矜持《きょうじ》を、捨てられますかな」

と、おだやかな声で訊いた。

「このさい、武士であることは忘れ、力仕事でも何でもする」

そのとき宗五郎は、小雪に飯を食わせ、雨露の凌《しの》げる場所が得られるなら何でもする気になっていた。

「江戸には、武士の矜持さえ捨てれば、仕事はいくらでもあります。どうです、まず、島田さまの剣術の腕を生かされては」

と言われ、茅町の長屋に連れてこられたのだ。

当時は豆蔵《まめぞう》長屋と呼ばれていた。豆蔵の米吉《よねきち》という男が、大家をしていたからである。豆蔵というのは、滑稽な話術と簡単な手妻《てづま》（手品）の芸で、銭をもらう大道芸である。

なお、豆蔵長屋の家主は堂本で、米吉に大家の仕事を委託していたのだ。

豆蔵長屋に腰を落ち着けた宗五郎は、堂本の発案で、首売りという大道芸を始めた。その後八年の余、首売りの大道芸で口を糊していたが、彦江藩のお家騒動に巻き込まれ、その剣で若君の命を狙った刺客たちを斃《たお》したことが藩の重臣に認められ、道場をひらく資金を出してもらったのである。

しかし、宗五郎には己の剣に対するこだわりが強く、稽古が荒かったこともあって門弟が集まらなかったのだ。そうしたこともあって、また芸人たちの住む長屋にもどったのである。ただ、大道芸といっても、宗五郎の場合は真抜流の腕で金を稼いでいるといってもいいだろう。

刀十郎と小雪は、首売り長屋につづく路地木戸をくぐった。ふたりとも、首売り長屋の住人だったのである。

「だいぶ、暗くなったわね」

小雪が刀十郎に小声で言った。

「舅どのも、心配しているぞ」

すでに、暮れ六ツ（午後六時）を過ぎていた。笹吉で秋元と話し込んでいて遅くなってしまったのだ。

刀十郎たちは両国広小路の首屋の仕事を終えると、宗五郎の許に立ち寄ってから自分たちの家へ帰っていたのだ。

宗五郎は、江戸に出て長屋住まいを始めるようになってから、初江《はつえ》という芸人と所帯を持って借家に移り、小雪と三人で暮らしていたが、小雪が刀十郎と夫婦になったのを機に、長屋の別の家に移ってきていた。大家が長屋に住むというのは妙だが、宗五郎がそう望んだのである。

米吉の場合、大家なので長屋ではなく近くの借家で暮らしていたが、宗五郎は借家より小雪たちと同じ長屋に住みたいと言って、初江とふたりで長屋住まいをすることにしたのだ。

首売り長屋は四棟あり、路地木戸を入ってすぐの棟のとっつきの部屋が、宗五郎たちの家である。

腰高障子から明りが洩《も》れていた。行灯《あんどん》に火を入れたらしい。

「父上、ただいま帰りました」

小雪が、戸口で声をかけてから腰高障子をあけた。小雪は長い長屋暮らしだが、いまでも武家言葉を遣っている。もっとも、所帯を持った刀十郎も武士なのだから、武家言葉の方が自然かもしれない。

「おお、帰ったか」

座敷で、宗五郎は茶を飲んでいた。脇に、初江も座っている。夕餉《ゆうげ》を終えて、ふたりでくつろいでいたらしい。

宗五郎は六尺余の偉丈夫で、濃い眉《まゆ》にギョロリとした目をしていた。髭《ひげ》も濃く、鍾馗《しょうき》のようないかつい顔の主であるが、丸い大きな目や小鼻のはった鼻などには、何となく愛嬌があった。

ただ、ちかごろは歳《とし》のせいか、顔の皺が多くなり、鬢や髷《まげ》に白髪が目につくようになってきた。

「お帰り、小雪ちゃん」

初江は、いまだに小雪のことを子供のころと同じように呼んでいる。

初江は宗五郎が首屋の見世物を始めたとき、客寄せ役をやってくれた女である。初江はほっそりした体付きで、色白の美人だった。

娘のころはろくろの初江と呼ばれ、ろくろ首の首役をやっていた。ろくろ首の見世物は、胴役の女と首役の女に分かれている。

胴役は後ろの幕の黒布に首から上を隠し、首役は首だけ出して、顎に長い首の作り物をぶら下げてせり上がり、観客に首が伸びたように見せるのだ。首役は悽愴《せいそう》さを演出するためにも、ほっそりした色白の美人がいいのである。

「何かあったのか、今日は遅かったではないか」

宗五郎が訊いた。

「秋元小三郎と会ったのです」

刀十郎が、土間に立ったまま言った。宗五郎は真抜流の道場で同門だったので、秋元のことを知っているはずである。

「彦江藩のか」

「はい、広小路で偶然」

刀十郎は、その後、笹吉に立ち寄ったことは話したが、小俣に宇津木が斬殺されたことまでは話さなかった。そのうち、機会があったら話そうと思ったのである。

宗五郎も話の内容までは訊かなかった。

「そばだけじゃァ、おなかが空いただろ」

初江が脇から口を挟んだ。

「ええ、でも、これから夕餉の支度をしますから」

小雪が言うと、

「ふたりの分も炊いてあるから、持っていっておくれ。これから、めしを炊くのは大変だからさ」

すぐに、初江は腰を上げて流し場にむかい、

「持てるかい」

と言って、残っているめしを飯櫃《めしびつ》ごと小雪に手渡した。

刀十郎たちは初江に礼を言って、戸口から出た。歩きだすとすぐ、嫌だァ、まだ明るいじゃないの、と初江の鼻にかかった声が聞こえた。

宗五郎が、流し場にいる初江の尻でも撫《な》でたのであろう。宗五郎は剣の達人で人柄もいいのだが、どういうわけか好色だった。刀十郎たちの前でも、初江の尻に触れたり、乳房をつかんだりすることがあったのだ。

小雪は頬を赤らめて、うつむいてしまった。初江の声で、宗五郎が何をしたか察したのだろう。

刀十郎は苦笑いを浮かべただけで何も言わなかった。

長屋は濃い暮色に染まっていた。あちこちから、亭主のがなり声、母親が子供を叱《しか》る声、赤子の泣き声、戸をあけしめする音、水を使う音などが聞こえてきた。長屋はいつもの夕暮

れどきの騒音につつまれている。

5

翌朝、刀十郎は朝餉を食べ終えると、井戸へ行って手桶《ておけ》に水を汲《く》んできた。戸口の前に並べてある盆栽に水をやるのが、刀十郎の朝の日課だった。

刀十郎の唯一の道楽は、盆栽である。ただ、刀十郎が世話しているのは、盆栽というより苗木といった方がいいかもしれない。

素焼きの鉢やちいさな木箱などに植えられた山紅葉《やまもみじ》、松、欅《けやき》、銀杏《いちょう》、木瓜《ぼけ》、梅、橅《ぶな》などの細い木が、所狭しと並んでいる。古色蒼然《そうぜん》とした古木はむろんのこと、盆栽らしく樹形のととのった木は一本もない。

一本立ち、二本立ち、寄せ植えなど、植え方に工夫はしているが、ほとんど自然の細木のままである。

刀十郎は他の盆栽家のように、樹形をととのえるために鋏《はさみ》を入れて枝を切ったり、添え木や針金などを使って幹や枝を曲げたりすることを好まなかった。形は悪くとも、自然のままに育てていたのだ。

花木は季節がくれば、綺麗な花を咲かせる。花をつけない木も、季節のうつろいに合わせて新緑になり、紅葉し、そして葉を落として裸木になる。自然のままでじゅうぶん美しかったのである。

まだ若い刀十郎が盆栽に興味を持ったのには、それなりのわけがあった。国許の藤川家の庭の隅には、樹齢を重ねた山紅葉があった。刀十郎は、その山紅葉を見ながら育ったといってもいい。

江戸へ出る直前、刀十郎は生れ育った屋敷に二度ともどれないのではないかと思い、庭に目をやりながら感慨にふけっていると、山紅葉の根元近くに、ちいさな紅葉が生えているのが目に入った。庭の山紅葉が、種を落として芽吹いたものである。糸のように細い枝先の葉が、親木とまったく同じ色に紅葉していた。

……この木を江戸へ持っていこう。

刀十郎は、江戸の地にいても故郷の庭の山紅葉をいつでも見ることができると思ったのである。

刀十郎は、すぐに五寸ほどの幼木を掘り、布につつんで袂《たもと》に入れた。

江戸に着いた刀十郎は、ちいさな素焼きの鉢に紅葉の幼木を植えて、そばに置いたのである。

それが、幼木を育てるようになったきっかけである。その後、刀十郎は植木屋の近くの空き地や近郊の雑木林などで、自然に生えた幼木を探し、掘ってきて、育てるようになったのだ。

「妙な道楽ね」

小雪は、刀十郎の盆栽とは言えないような鉢植えの木々を見て、笑っているだけである。

刀十郎は、一鉢ごとに木の様子と土の渇き具合を見ながら、柄杓《ひしゃく》で水をやった。

水をやり終え、戸口から家へ入ろうとしたとき、背後でせわしそうな数人の足音が聞こえた。振り返ると、宗五郎と男がふたり、こちらへ小走りにやってくる。男は、長屋に住む枕《まくら》返《がえ》しの永助《えいすけ》と鮑《あわび》のにゃご松《まつ》である。

枕返しは、曲枕とも呼ばれる枕を使った曲芸である。様々な動きをしながら木枕《きまくら》を何段も積み重ねたり、重ねた枕の途中を抜き取って見せたりする。永助は枕返しを大道芸として見せ、集まった観客から銭をもらって暮らしを立てていたのだ。

鮑のにゃご松は、猫の目かずら（面）をかぶって、法衣に白脚半姿の雲水のような格好をし、鉄鉢の代わりに鮑の殻を持ち、にゃんまみだぶつ、にゃんまみだぶつ、と唱え、回向院《えこういん》ではなく猫向院《ねこういん》から来たと言って托鉢《たくはつ》して歩くのである。

江戸には変わり者がいて、洒落《しゃれ》がおもしろいといって銭をくれるのだ。それが稼ぎである。

にゃご松の本名は松蔵《まつぞう》だが、長屋の住人はにゃご松と呼んでいる。

首売り長屋の住人のほとんどが、大道芸、見世物小屋に出る軽業師や芸人、居合抜きなどの物売り芸、にゃご松のような物貰《ものもら》い芝居などで暮らしを立てていた。

首売り長屋は、家主である堂本が支配下に置いている大道芸人や物貰い芝居などをしている者たちを住まわせるための家屋だった。

当初、見世物小屋に出る軽業師や芸人たちを寝泊まりさせるための小屋だったのだが、次第に住み着く者が増え、規模も大きくなり、長屋のようになってしまったのだ。それというのも、堂本はわずかな店賃で住まわせただけでなく、面倒見もよかったからである。

「舅どの、何事です」

刀十郎が訊いた。

「短剣投《たんけんな》げの茂平《もへい》が、殺されたようだ」

宗五郎の顔がこわばっていた。

短剣投げの茂平は、浅草寺《せんそうじ》境内《けいだい》にある見世物小屋の堂本座に出ている芸人である。短剣投げの名手で、七つになる娘のお菊《きく》を舞台に立たせ、ちいさな体すれすれに短剣を投げたり、お菊の手にした大根に短剣を当てて見せたりする。それが人気を博していた。

ただ、浅草の小屋は常設ではなく、五十日間と限られていた。小屋をたたむ日も迫っていたが、深川の冨ケ岡八幡宮の境内に新たに小屋を建て、その舞台に茂平が出演する計画が進められていたのだ。

「どこで、殺されたのです」

刀十郎が訊くと、にゃご松が、

「諏訪町の大川端でさァ」

と、声をつまらせて言った。にゃご松は妙な顔をしていた。顔が二色に色分けされている。ふだん目かずらをかぶっていないところは陽に灼けて浅黒く、かぶっているところは色白の肌なのだ。その顔が、悲痛にゆがんでいる。

にゃご松によると、浅草寺の境内で稼ごうと思い、今朝暗い内に長屋を出たという。諏訪町まで行くと、大川端で人が殺されていると耳にし、行ってみたそうである。

「も、茂平のやつが、腹から血を流して死んでやした」

にゃご松が、声を震わせて言い添えた。

そのとき、戸口の騒ぎを聞いて表に出てきた小雪が、

「それで、お菊ちゃんは」

と、心配そうな顔で訊いた。お菊も父親といっしょに殺されたのではないかと思ったらしい。

「いや、お菊は無事だ。先に、千鳥《ちどり》たちと長屋に帰ったようだ」

宗五郎が言った。

三条《さんじよう》千鳥は、曲独楽《きよくごま》の女芸人だった。茂平と同じ浅草寺の堂本座に出ていたのである。

「すぐに、諏訪町へ行ってみます」

ともかく、現場を見てからだ、と刀十郎は思ったのだ。

「おれも行くが、力のある連中を四、五人連れていくつもりだ。それに、女たちに、お菊とおよねのことを頼んでおきたい」

さすが、宗五郎である。慌てて長屋から飛び出したりせず、茂平の女房のおよねとお菊にまで心を配っているのだ。

6

首売り長屋を出たのは、刀十郎、宗五郎、永助、にゃご松、ひとり相撲の雷為蔵《かみなりためぞう》、金輪遣《かなわつか》いの浅吉《あさきち》、それに籠抜けの安次郎《やすじろう》の七人である。

ひとり相撲は、寺社の門前や広小路など人出の多いところで褌《ふんどし》ひとつの裸になり、力士の真似をしてひとり二役で相撲を取ってみせるのである。

雷為蔵は、雷電為右衛門《らいでんためえもん》から名を取ったのである。長屋に住むようになったときから、雷為蔵を名乗っていたので、長屋の住人も本名は知らない。鬼のような大男で、いつも赤褌に黒い半纏を羽織っていた。

金輪遣いは、ふたつの鉄の輪を打ち付けてつなげたり、はずして見せたりする手妻の芸で、籠抜けは筒状の丸い竹籠を台上に据え、裸になって籠を飛び抜けて見せる曲芸である。

刀十郎たち七人は、長屋を出ると細い路地をたどって千住街道へ出た。

街道の前方右手に、浅草御蔵の何棟もの倉庫が折り重なるように見えていた。浅草御蔵の前を過ぎれば、諏訪町はすぐである。

「こっちでさァ」

浅草御蔵を過ぎたところで、先導するにゃご松が、右手の路地へ入った。

路地をいっときたどると、大川端へ突き当たった。大川の川面は、晩春の陽射しを受けて、油でも流したようににぶくひかっていた。川風も生暖かく、ねっとりした感じがする。

「あそこだ」

にゃご松が声を上げた。

見ると、大川の川岸に人だかりがしていた。岸辺に植えられた柳の樹陰である。船頭や通りがかりのぼてふり、船頭、行商人などに混じって、八丁堀同心と岡っ引きらしい男の姿もあった。同心は黄八丈《きはちじょう》の小袖を着流し、黒羽織の裾《すそ》を帯に挟む巻き羽織と呼ばれる八丁堀ふうの格好をしていたので、遠目にもそれと分かったのだ。

「どいてくれ」

宗五郎が声をかけると、すぐに人垣が左右に割れた。宗五郎は武家ふうに二刀を帯びた上にいかつい顔をしていたので、野次馬たちも恐れたようだ。

同心の足元近くの叢《くさむら》に、男がひとり仰臥《ぎょうが》していた。茂平である。茂平は白目を剝《む》き、口をあんぐりあけ、苦悶に顔をしかめて死んでいた。縞柄《しまがら》の小袖の胸や腹が裂け、どす黒い血に染まっている。

「北町の菅谷《すがや》さまでさァ」

にゃご松が、刀十郎の耳元でささやいた。

北町奉行所定廻《じょうまわ》り同心、菅谷隆之助《りゅうのすけ》である。三十がらみ、面長で細い目、薄い唇が妙に黒ずんでいる。酷薄そうな感じのする男だった。

菅谷は近付いてきた刀十郎たちに目をくれたが何も言わず、すぐに足元の死体に目を落とした。そして、朱房の十手の先で茂平の襟をひろげ、懐や傷口を見ていた。検屍《けんし》をしているようだ。

……刃物の傷だが、刀ではないな。

と、刀十郎は見た。

胸と腹の傷はいずれも刃物で刺されたものだが、えぐったような傷に見えたのだ。匕首《あいくち》のような短い刃物で、刺したものだろう。

「巾着《きんちゃく》は持ってねえが、追剝《おいは》ぎや辻斬《つじぎ》りの仕業とは思えねえ。喧嘩《けんか》かもしれねえな。……おい、利八《りはち》、こいつがだれか分かるかい」

菅谷が立ち上がり、傍らに立っている岡っ引きに声をかけた。

利八という名の岡っ引きは、四十がらみ、丸顔で顔の浅黒い男だった。大きな鼻と分厚い唇をしている。

「堂本座で、短剣を投げて観せてる茂平ってやつでさァ」

利八の声に揶揄《やゆ》するようなひびきがあった。

「なんだ、芸人かい」

そう言って、菅谷が刀十郎たちにチラッと目をむけた。その口元に薄笑いが浮いている。どうやら、為蔵やにゃご松の姿を見て、死んでいる茂平と同類の芸人と思ったようだ。

この時代、芸人は他の町人より低く見られていた。なかでも、鳥追《とりおい》、猿廻《さるまわ》し、角兵衛獅子《かくべえじし》などの門付《かどづけ》、節季候《せきぞろ》、それに滑稽な芸で銭をもらう物貰い芸人などは、醜穢《しゅうわい》な風体で門口や人混みに立って銭を乞うたり、いかがわしい品物を売って暮らしをたてていたことから、世間から蔑視《べっし》されることが多かったのだ。

「旦那《だんな》、どうしやす」

利八が小声で訊いた。

「そうだな、どうせ、芸人の仲間内の喧嘩だろう。ま、そこらをまわって、見たやつがいねえか訊いてみな」

菅谷の声には、なげやりなひびきがあった。適当にやっておけ、と言っているようなものである。

「へい」

利八は首をすくめるように頭を下げると、薄笑いを浮かべてその場を離れた。そばにいた五、六人の男が、うんざりした顔付きで利八の後につづいて人垣の間を歩きだした。岡っ引きと下っ引きたちらしい。

……まともに、調べる気はないな。

と、刀十郎は思った。町方たちは殺されているのが芸人と知って、やる気を失ったようである。

「刀十郎、茂平を引き取ろう」

宗五郎が小声で言った。

刀十郎はちいさくうなずくと、菅谷に近付いた。引き取る前に、承諾を得なければならないのだ。

「おめえは？」

菅谷が、刀十郎にうさん臭そうな目をむけた。

「島田刀十郎、牢人《ろうにん》だ」

刀十郎が名乗ると、菅谷の脇にいた小者《こもの》らしい男が、

「両国広小路で、首売りってえ妙な商売をしてるやつでさァ」

と、菅谷に耳打ちした。

「それで、首売りの旦那が、何の用だい」

菅谷が口元に嘲笑《ちょうしょう》を浮かべて訊いた。

「殺された茂平は、同じ長屋に住む者だ。葬ってやりたいので、引き取らせてもらいたいが」

刀十郎は、おだやかな声で言った。

「いいとも。早《はえ》えとこ、引き取ってくんな。死骸《ほとけ》を道端に転がしといちゃァ申しわけねえ」

そう言い置くと、菅谷は嘲笑を浮かべたまま、小者を連れてそそくさとその場から離れた。思ったとおり、下手人の探索などする気はないようだった。

7

刀十郎たちは、茂平の遺体を戸板に乗せ、外からは見えないように筵《むしろ》をかけて縄で縛った。できるだけ人目に触れないように配慮したのである。

茅町に入り、首売り長屋につづく路地まで来ると、路傍に長屋の住人が十人ほど立っていた。女房連中と子供たちである。どの顔にも、悲痛と不安の色が色濃く浮いていた。茂平が殺されたことを聞き、様子を見に長屋から出て来たらしい。

「も、茂平さんかい」

でっぷり太ったおしげという女房が、戸板の上の筵に目をやって訊いた。

おしげは、剣呑みの仙太《せんた》の女房である。剣呑みの芸は、大口をあけて刀を呑み込んでみせるのだ。刃引きを使うときもあれば、奥歯に切っ先を当て、押し込むと長めの柄のなかに刀身が引っ込むように細工してある刀を使うときもあった。いずれにしろ、長い刀を呑み込んだように見せる芸である。

「茂平だ」

宗五郎が小声で言った。

女房連中と子供たちは、悲しげな顔をしてうなだれ、戸板の後ろからついてきた。顔を手でおおって、泣き声を洩らす女房もいた。

路地木戸をくぐると、さらに十数人の住人たちが待っていた。女房、子供にまじって何人か男の姿もあった。いずれも悲痛に顔をしかめ、嗚咽《おえつ》をこらえながら戸板の後からぞろぞろとついてくる。

一行が茂平の家の前まで来たときだった。ふいに、腰高障子があいて、女房のおよねがひき攣《つ》ったような顔をして裸足《はだし》で飛び出してきた。

「お、おまえさん！」

およねは戸板の上の筵にしがみつき、

「どうして、こんなことになっちまったんだよ」

と絞り出すような声で叫び、体を激しく震わせて泣きだした。

およねにつづいて戸口から出てきたお菊も、筵のなかの茂平にすがりついて泣きじゃくった。

戸板のまわりにいた刀十郎や長屋の男たちは、およねとお菊に目をやり、顔をこわばらせて立っていた。慰める言葉もかけられなかったのである。

「およねさん、みんなで、茂平さんを弔ってやろうね」

おしげが、およねの肩を抱くようにして声をかけた。

すると、他の女房連中が、長屋のみんなで弔ってやろう、茂平さんを極楽に送ってやろうよ、などと口々に声をかけた。

小雪が、お菊のちいさな体を後ろから抱きかかえ、

「お菊ちゃん、おとっつァんをみんなで送ってやろうね」

と、やさしい声で言った。小雪は七歳のときに母親を失っていたので、お菊の悲しみはよく分かるのだ。

女房たちや小雪の言葉を耳にすると、その場に居合わせた男たちは、親身になっておよねとお菊に慰めの声をかけた。

首売り長屋の住人たちは大きな家族のような絆《きずな》で結ばれ、その結束は他の長屋にくらべてはるかに強かった。

住人たちは卑賤《ひせん》な芸人ということで、世間から蔑視され、冷たく扱われることが多かった。それで、よけい仲間意識が強まったのである。

それに、家主の堂本ができた男だった。堂本は芸人たちが己を卑下し、賤民として生きることを嫌い、長屋の住人たちに芸人であっても卑屈にならず、結束し、助け合って生きていくよう、ことあるごとに口にしたのである。

茂平の遺体が家のなかに運ばれ、長屋の住人たちの手で葬式の準備が始まった。そこへ、堂本が姿を見せた。住人のだれかが、堂本に知らせたようである。

堂本は還暦を過ぎた老齢だった。鬢や髷は真っ白で、腰もすこし曲がっていた。軽業の名人として一世を風靡《ふうび》した男だが、いまはその面影もなかった。ただ、双眸はするどく、身辺には多くの芸人を束ねる座頭らしい威風がただよっている。

現在、堂本は両国広小路に堂本座という常設の見世物小屋を持っていた。さらに、浅草寺を通して寺社奉行の許しを得て浅草寺境内にも仮設の小屋を建て、許可された期間だけ見世物興行を打つことがあった。茂平はその興行に出ていて、評判を取っていたのである。

堂本は見世物興行に出演する芸人や、大道芸人、物貰い芸人などを支配下におき、長屋に住まわせていたが、堂本の所有する長屋は二か所にあった。ひとつは茅町にある首売り長屋で、もうひとつは大川を渡った先の本所相生町《ほんじょあいおいちょう》で、講釈長屋《こうしゃくながや》と呼ばれていた。倉西彦斎《くらにしひこさい》という講釈師が大家をしていたので、その名がついたのである。

人出の多い寺社の門前や縁日などで口上を並べて品物を売ったり、大道芸で銭をもらう者たちは、香具師《やし》と呼ばれていた。香具師は親分子分の関係で結ばれていることが多かったが、堂本は香具師の親分とはちがっていた。

堂本と長屋の住人たちとのかかわりは、興行を打つために集めた芸人たちに住まいを提供することから始まったが、いまは大道芸人や物貰い芸人などが多く暮らしていた。

堂本は芸人たちを大切に扱った。住まいの世話をしただけでなく、未熟な芸人には食っていけるようになるまで芸を教えたり、病気や怪我《けが》で金を稼げなくなった者には、無利子で金を貸してやったりした。

また、長屋の家賃も安かった。冥加金《みょうがきん》と称して一日五文、月百五十文だけ徴収したのである。通常、長屋の家賃は五百文ほどだったので、かなり安いことになる。

こうしたことが芸人たちの間にひろまり、大道芸人や物貰い芸人などが口伝《くちづ》てに集まり、いつの間にか大所帯になったのである。

「茂平が殺されたそうですな」

堂本は苦悶に顔をしかめ、土間にいた宗五郎に訊いた。

「浅草寺からの帰りに、斬られたようだ」

「追剝ぎにでも、遭ったのかな」

「下手人は、まったく分からんのだ」

宗五郎の顔にも憂慮の翳《かげ》が色濃く浮いていた。

「ともかく、死骸《ほとけ》に会ってみよう」

そう言って、堂本は土間から座敷に上がった。

堂本は座敷に居合わせた住人たちの間を歩き、夜具の上に仰臥した茂平の遺体のそばに膝を折った。

まだ、茂平の顔に白布がかけられているだけで、着物も血に汚れたままだった。胸と腹の刺傷で命を奪われたことは、すぐに分かる。

茂平の枕元に、およねとお菊が深くうなだれたまま座っていた。ふたりは身を顫《ふる》わせ、細い嗚咽を洩らしている。

「お、お頭、茂平が、かわいそうだ」

座敷の隅に座っていた雷為蔵が泣き声で言った。

為蔵は鬼のような風貌をしているが、気持ちはやさしく、涙もろい性質《たち》なのだ。

つづいて、籠抜けの安次郎が、

「だれが、殺《や》りゃァがったんだ」

と、怒りに声を震わせて言った。

すると、その場に居合わせた者たちの口から、茂平殺しの下手人に対して怨嗟《えんさ》の声が上がった。

「みんなの気持ちは分かるが、いまは茂平を弔ってやることが先ですよ」

堂本がたしなめるように言った。

8

首売り長屋の刀十郎の家に、五人の男が集まっていた。宗五郎、刀十郎、堂本、倉西彦斎、それに歯力の権十《ごんじゅう》という男だった。

歯力というのは、重い物を歯でくわえて持ち上げてみせる大道芸である。権十は大盥《おおだらい》のなかに子供を入れ、盥の端をくわえて持ち上げることができた。歯が丈夫なことはもちろんだが、怪力の主でもあった。

権十は六尺を超える巨漢で、柔術を身につけていた。父親は旗本に奉公する若党で、子供のころ近所の田宮流柔術の道場に通わせてもらったという。

彦斎も還暦を過ぎた年寄りだった。袖無しに、軽衫《カルサン》姿で腰に脇差《わきざし》を差していた。牢人だったのである。

宗五郎、刀十郎、権十の三人が、顔を合わせたのにはわけがあった。首売り長屋と講釈長屋の住人がかかわった事件は、これまで宗五郎たち三人に頼ることが多かったのだ。それというのも、宗五郎と刀十郎は真抜流の達者で、権十は柔術にくわえ怪力の主だったからである。

小雪もいたが、座敷にいる四人に茶を淹《い》れた後、話にはくわわらず、流し場で洗い物をしていた。もっとも、流し場といっても座敷のそばなので、男たちの話は耳にとどくはずである。

「どうです、およねとお菊は落ち着いていますか」

堂本がおだやかな声で宗五郎に訊いた。

茂平が大川端で殺されて五日経《た》っていた。長屋で葬式を終え、茂平の遺体は回向院の片隅に埋められていた。その後、長屋の者たちが、およねとお菊の面倒をみていたのである。

「すこし落ち着いたようだが、まだ、軽業をやる気にはなれんだろう」

宗五郎が言った。

堂本は、およねとお菊が長屋で暮らしていけるように、お菊に軽業を身につけさせようと宗五郎に話していた。お菊は茂平の相手をして舞台に立っていただけに、身軽で筋もいいという。目鼻立ちもととのっているし、仕込めば女軽業師として人気が出る、と堂本はみていたのだ。

「ところで、茂平を殺した下手人だが、何か分かったかな」

堂本が、三人に視線をまわしながら訊いた。

「頭、町方は、まったく動いていませんぜ」

　そう言って、権十が不平の色をあらわにした。町人らしい物言いだった。権十は町人として長く暮らしていたからである。

「町方は当てにできないな」

　堂本が渋い顔をした。

「長屋の連中は、およねとお菊に同情していやす。何とか、下手人を探して敵《かたき》を討ってやりてえ」

「それが、長屋の連中の願いだろうな。……ほかにも、わしは気になっていることがあるのだ」

「気になるとは？」

　宗五郎が訊いた。

「茂平は、何のために殺されたのかということだ。喧嘩とは思えないし、追剝ぎでもないだろう。となると、だれが、何のために茂平を殺ったのか。それが、気になるのだ」

　堂本が三人の男たちに目をむけて言った。

「茂平の傷は、刀ではなく匕首のような短い刃物と見ましたが」

　黙って聞いていた刀十郎が、口をはさんだ。

「おれも、そう見た」

「となると、下手人は町人と見ていいようだが、茂平が殺されるような恨みを買っていたとも思えんが……」

堂本は首をひねった。

「ちかごろ、茂平の短剣投げの評判がよかったようだが、芸人たちとはうまくいっていたのか」

「茂平のお蔭《かげ》で、浅草寺の小屋は連日満員だった。ちかいうちに、深川の八幡さまの境内でも興行するつもりで、話を進めていたところなのだ。……そのことで、茂平が増長するようなことはなかったし、座の連中ともいままでと同じようにうまく付き合っていたはずだ。それに、同じような芸で張り合っている者もいなかったし、芸人のなかに茂平を恨んでいるようなやつは見当たらないな」

堂本は、下手人は芸人でないだろう、と小声で言い添えた。

「いってえ、下手人はだれなんでえ」

権十が苛立《いらだ》ったような声で言った。

つづいて、口をひらく者がなく、狭い座敷のなかは息のつまるような重苦しい雰囲気につつまれた。

「いずれにしろ、このままにしてはおけん」

　堂本が顔を上げ、

「堂本座の者で、下手人を探ってみよう。わしからも話すが、ふたりからも話しておいてくれ」

　宗五郎と彦斎に目を据えて言った。

　堂本座の芸人たちは、町方同心の手先である岡っ引きや下っ引きたちをはるかにしのぐ情報収集力を持っていた。

　大道芸や物貰い芸などに携わっている大勢の者たちが、江戸市中の盛り場、空き地、路傍などで多くの町人と接触し、見聞きする情報だけでも相当なものだった。さらに、こうした事件の探索となると、関係する地域に芸人たちが集中し、日頃客たちと接して身につけた巧みな話術で情報を聞き出すのである。

「分かった」

　宗五郎が答えると、彦斎もうなずいた。

　話を終え、宗五郎たち四人が戸口から出ていくと、流し場で洗い物をしていた小雪が前だれで濡《ぬ》れた手を拭《ふ》きながら、上がり框《かまち》の近くに座っていた刀十郎のそばに膝を折った。

「おまえさん、茶を入れ替えましょうか」

小雪が小声で訊いた。人前では所帯を持つ前と同じように、刀十郎さま、と呼んでいたが、ふたりだけになると、町人の女房らしい呼び方になる。長く長屋で暮らしていたせいだろう。ただ、ふだんは、おまえさん、と呼ぶときには、あまえるようなひびきがあるのだが、いまはなかった。やはり、殺された茂平のことが、小雪の気持ちを重くしているのであろう。

「いや、いい。小雪も、一休みしたらどうだ。疲れただろう」

刀十郎がいたわるように言った。

今日、刀十郎と小雪は、両国広小路に首屋として稼ぎに行き、長屋に帰ってきたところへ、宗五郎たちが顔を出したのだ。小雪はそのまま茶を淹れるために流し場に立ったので、腰を落ち着ける間もなかったのである。

「わたしは、大丈夫よ。……それにしても、茂平さん、どうして殺されたんでしょう」

小雪が首をひねりながら言った。やはり、刀十郎たちの話が耳に入っていたようである。

「分からないな」

「わたし、お菊ちゃんから聞いたことがあるんだけど」

小雪が刀十郎に顔をむけて言った。

「どんなことだ」

「殺される数日前、茂平さんが、また、あいつらが尾《つ》けてくる、と言って、慌てた様子で、お菊ちゃんの手を引いて、人通りの多い千住街道へ出たそうよ」

「それで？」

「街道へ出ると、尾けてこなくなったらしいんだけど、お菊ちゃん、怖かったって言ってたわ」

「ひとりではないな」

茂平を殺したのは、そいつらかもしれない、と刀十郎は思った。

「ふたりだそうよ。遠くてよく見えなかったそうだけど、尻《しり》っ端折《ぱしょ》りした町人だったと言ってたわ」

「ふたりか」

何者たちか分からないが、茂平を付け狙《ねら》っていたようである。恨みや金品の強奪が目的ではないような気がした。何か、別の目的があって茂平は殺されたようだ。

……これだけでは、終わらないかもしれない。

刀十郎の胸に、疑念と不安が込み上げてきた。

第二章　鱗返し

1

……さァ、さァ、見ておいで、見ておいで。ここにある大盥、洗濯しようてえんじゃァないよ。この長い竿で、まわして見せようってんだ。

盥まわしの磯次《いそじ》が、声を張り上げて通行人を呼び集めている。頭に置き手ぬぐい、たっつけ袴に草履《ぞうり》履きという粋な扮装《いでたち》である。磯次の歳は二十二、すらりとした長身で、なかなかの男前だった。磯次が手にしているのは、大盥と一丈ほどの竹竿《たけざお》である。

盥まわしは、長い竿の先で盥をまわしながら、竹の持ち方を変えたり、槍持ち奴《やっこ》の真似をしてみせたりする芸である。ふだんは寺社の門前や広小路など賑《にぎ》やかな場所でやるが、路傍や空き地などに人を集めてやることもあった。

磯次の立っているのは、諏訪町の大川端の空き地である。諏訪町といっても、人通りの多い駒形町に近い場所だった。

磯次が諏訪町に来て盥まわしの見世物を始めて三日目だった。同じ場所ではなく、黒船町近くや千住街道沿いなどに変えている。

磯次は首売り長屋の住人で、堂本と宗五郎から、茂平殺しを探ってくれ、と頼まれていたのだ。磯次自身にも、茂平の敵を討ってやりたい、という思いがあったので、それほど稼ぎにはならない場所だったが、茂平が殺された現場近くをまわっていたのだ。

……さァ、まずは、この大盥をまわしながら、空高くさし上げて御覧にいれまする。

口上を述べながら、磯次は竿の先に盥を乗せてまわし、竿を高く伸ばし始めた。

十数人の見物客が集まっていた。近所の女、子供、通りすがりの船頭や天秤棒《てんびんぼう》をかついだ物売りなどが足をとめて、しだいに高くなっていく盥を見上げている。

……さァ、次は奴だよ。

磯次は竿を上下させたり片足を上げたりして、大名行列の供先を務める槍持ち奴の真似をしてみせた。

子供が感嘆の声を上げ、大人たちからも、パラパラと拍手が起こった。

……手をたたく前に、お鳥目《ちょうもく》だよ。

磯次が声を上げると、見物人の間からいくつかの銭が投げられた。鐚銭《びたせん》ばかりである。

それでも磯次は機嫌よく盥をまわし、様々な仕草をしてみせた。

盥まわしの見世物は、小半刻《こはんとき》（三十分）ほどして終わった。磯次は投げられた銭を拾い集めながら、帰ろうとしているふたりの年増に声をかけた。ふたりとも、近所の長屋に住む女房と踏んだのである。

「姐《あね》さん、姐さん、ちょいと」

「あたしかい」

丸顔で、太り肉《じし》の女が振り返った。もうひとりの面長で痩《や》せた女も足をとめて、磯次に目をむけた。呼びとめられたふたりの女の顔に、迷惑そうな表情はなかった。磯次が若くて男前だからであろう。

「へい、おふたりは、知ってやすかい」

磯次がふたりに近付きながら言った。

「なんのこと？」

太った女の目に好奇の色が浮いた。面長の女も、目をひからせて近寄ってきた。

「この近くで、堂本座の短剣投げの茂平さんが殺されたそうですぜ。あっしは、むかし、茂平さんと同じ小屋に出たことがあるんだよ」

磯次がしんみりした声で言った。

「そうなの。……この辺りで殺されたことは知ってるけど」

太り肉の女が眉宇《びう》を寄せた。

「刺されたって聞いたが、辻斬りかねえ」

磯次が水をむけた。女たちから下手人のことを聞き出そうとしたのである。

「ちがうらしいよ。うちの亭主が、言ってたよ。殺ったのは、ふたり組の町人だったらしいって」

太り肉の女が、声をひそめて言った。

「へえ、町人かい」

磯次は驚いたような顔をしてみせた。

「そうらしいよ。遊び人ふうの男だってよ」

脇から、面長の女が割り込むように顔を突き出して言った。

「遊び人かい。浅草寺界隈《かいわい》で、幅をきかせてるやつかな」

磯次は、言葉巧みに下手人を割り出そうとした。

「ちがうんじゃァないかね。亭主は、近所では見かけねえやつらしいと言ってたもの」

と、太り肉の女。

「はっきりしないようだよ。……深川の八幡さまの近くで遊んでるやつかもしれねえって、言ってる男《ひと》もいるけどね」

面長の女が言い添えた。

「深川か」

磯次には、まったく心当たりがなかった。

それから、磯次は下手人のことや目撃者のことなどを訊いたが、探索の役に立つような話は聞けなかった。

「また来らァ」

磯次はふたりの女に声をかけ、竿と盥を持ってその場を離れた。

その日、磯次は駒形町にも足をのばし、盥まわしを見せた後、集まった客をつかまえて茂平殺しのことを訊き出したが、下手人を割り出すのに役立つような情報は得られなかった。

暮れ六ツ（午後六時）ちかくになり、磯次は盥と竹竿を持って首売り長屋に足をむけた。今日のところは、これまでにしようと思ったのである。

曇天だった。空が厚い雲でおおわれているせいか、大川端は薄暗かった。川面が両国橋の彼方までひろがり、黒ずんだ波の起伏が荒涼とした感じを与えた。ふだんは行き交う船で賑わっているのだが、いまは船影もまばらである。

大川端沿いは人影がすくなく、表店《おもてだな》のなかには早々と店仕舞いした店もあった。

……やろう、おれを尾けているのか。

　磯次は、さっきから半町ほど後ろを歩いてくる町人体の男が気になっていた。駒形町を出たときから、同じ間隔を保ったまま歩いてくるのだ。

　棒縞《ぼうじま》の着物を裾高に尻っ端折りし、脛《すね》を剝き出して、手ぬぐいを肩にひっかけていた。遊び人ふうの格好である。

　ただ、男はひとりだった。茂平を殺したのはふたり組だと聞いていたので、磯次は下手人とつなげてはみなかった。それに、相手がひとりなら、襲ってきても何とかなるという気もあったのだ。

　黒船町が近付くと、通り沿いの表店がとぎれて空き地や藪《やぶ》になっている地が目についた。人通りもまばらになり、汀《みぎわ》の石垣を打つ流れの音だけが妙に大きく聞こえてくる。

　そのとき、後ろの男が小走りになった。磯次との間をつめてくるようだ。

　……来やがった！

　磯次は持っていた盥を路傍に投げ、竹竿を両手に持った。男が襲いかかってきたら、竹竿で応戦しようと思ったのである。

　ふいに、磯次の足がとまった。

　……前にもいる！

　前方の笹藪の陰に人影があった。

その人影が、ゆっくりとした足取りで通りに出てきたのだ。

2

牢人だった。総髪で黒鞘の大刀を一本落とし差しにしていた。刀の柄に右手を添えて、足早に迫ってくる。

磯次は背後を振り返った。いつ取り出したのか、町人体の男の胸元で匕首がにぶいひかりを放っていた。すこし前屈《まえかが》みの格好で走り寄る姿に、獲物に迫る野犬のような雰囲気があった。

「殺られてたまるか!」

磯次は甲走った声で叫び、眼前に迫ってくる牢人にむかって竹竿を振り上げた。一丈もある竹竿なので、牢人が刀をふるう前に打てると踏んだのである。

牢人が抜刀した。八相《はっそう》に構えた刀身が銀蛇のようにひかり、薄闇を切り裂いて磯次に迫ってくる。

「やろう!」

叫びざま、磯次が竹竿を牢人の頭上に振り下ろした。

と、牢人は八相に構えた刀を払って竹竿を受け流し、そのまま素早い寄り身で斬撃の間境に踏み込んできた。俊敏な動きである。

ワアッ！　と悲鳴を上げ、磯次は慌てて身を引こうとした。だが、牢人の寄り身の方が迅った。

タアッ！

裂帛の気合とともに牢人の体《たい》が躍り、閃光がはしった。

ザクリ、と磯次の肩先が裂けて、身がのけ反った。

さらに、牢人の刀身がきらめいた。一瞬の太刀《たち》捌《さば》きで、袈裟から刀身を返しざま水平に払ったのだ。

腹の肉を深くえぐるにぶい音がし、磯次の上体が前にかしいだ。裂けた腹から、臓腑《ぞうふ》が覗《のぞ》いている。

磯次は喉《のど》のつまったような呻《うめ》き声を上げ、よろよろと歩いたが、前につんのめるように倒れた。

俯せになった磯次は両手を地面につき、身を起こそうとして顔をもたげたが、すぐにつっ伏して動かなくなった。肩口から下腹にかけて、着物が真っ赤に染まっている。

「意気地のねえ、やろうだ」

町人体の男が、倒れている磯次の脇に来て薄笑いを浮かべた。

「条次郎《くめじろう》、そいつの巾着を抜いておけ」

牢人がくぐもった声で言った。町人は条次郎という名らしい。

「今夜の酒代ですかい」

「そうだ」

牢人は血塗れた刀身を磯次のたもとでぬぐい、納刀すると駒形町の方へ足早に歩きだした。

条次郎は磯次の懐から巾着を抜き取ると、小走りに牢人の後を追った。

磯次は大川端の叢のなかに倒れていた。すでに息絶えたとみえ、ピクリとも動かなかった。

辺りはひっそりとして、濃い暮色のなかに血の濃臭がただよっている。


翌朝、刀十郎は朝餉を終え、小雪が淹れてくれた茶を飲んでくつろいでいると、戸口から
枕返しの永助が飛び込んできた。

「刀十郎の旦那、今度は磯次だ！」

永助が刀十郎の顔を見るなり、ひき攣った声を上げた。

長屋の住人たちは刀十郎のことを若旦那とか刀十郎の旦那とか、呼んでいた。島田の旦那

と呼ぶと、宗五郎と重なるからである。

「磯次がどうしたのだ」

「殺されやした。また、諏訪町の大川端でさァ」

「なに、まことか！」

　刀十郎は立ち上がり、傍らに置いてあった刀をつかんだ。そばに座していた小雪も、こわばった顔で立ち上がった。

　刀十郎は、強い衝撃を覚えた。今度は磯次が殺されたらしい。予感したとおり、茂平が殺されただけではすまなかったのだ。

「舅どのに、知らせたか」

「いま、にゃご松が走ってまさァ」

「よし、行こう」

　刀十郎は土間へ出た。

「おまえさん、気をつけて」

　刀十郎の後を追って、戸口へ出てきた小雪が心配そうな顔で言った。

「小雪、今日は広小路には行けぬ。長屋の、おまささんのそばにいてくれ」

　おまさというのは、磯次の母親だった。すでに、老齢で、磯次とふたりで長屋に住んでいたのだ。

すぐに、磯次が死んだという噂はおまさの耳に入るだろう。だれか、おまさのそばに付いていてやる必要があったのだ。

刀十郎は小雪を戸口に残し、永助とともに路地木戸を小走りに出た。

朝の陽が家並の上へ顔を出し、表通りを明るく照らしていた。すでに、江戸の町は活況を呈していた。通り沿いの表店は、店をあけて商いを始めていた。通りには出職の職人、大工、ぼてふりなどが行き交い、どこからか朝の早い豆腐売りの声が聞こえてきた。

刀十郎が諏訪町への道を急ぎながら永助に、磯次が殺されたことをどうして知ったのか訊いた。

「今朝、通りで出会った豆腐屋の梅六《うめろく》が、知らせてくれたんでさァ」

梅六は、首売り長屋にもよく顔を出す男である。

「どの辺りか分かるのか」

「梅六の話だと、黒船町にちかい大川端だそうで」

「近いな」

浅草御蔵の前を過ぎれば、すぐである。

刀十郎たちは浅草御蔵の前を通り、黒船町に入った。そして、右手の路地をたどって大川端へ出た。

　いっとき歩くと、永助が、

「刀十郎の旦那、あそこのようですぜ」

　と、前方を指差しながら声を上げた。

　見ると、川岸近くの空き地に人だかりができていた。通りすがり者や近所の住人らしい。女子供の姿もあった。その人垣のなかに、岡っ引きの利八がいたが、八丁堀同心の姿はなかった。朝の内なので、まだ定廻り同心の耳にはとどいていないのだろう。

「ちょいと、通してくれ」

　永助が人垣を分け、刀十郎とふたりで前へ出た。

3

　磯次は叢のなかにつっ伏していた。見世物で使う竹竿が、死体の脇に転がっている。着物が血まみれだった。腹を斬られたらしく、脇腹から臓腑が覗いていた。

　……刀だな。

　下手人は刀を横に払ったようだ。

刀十郎は同心の姿がないのを見て、磯次の死体のそばに近付いた。

「首売りの旦那、そこまでにしてくんな」

利八が渋い顔をして言った。

「分かった」

刀十郎は町方とやり合うつもりはなかったので、そこで足をとめて屈み込んだ。その場からでも、磯次の死体はよく見えたのだ。

肩口にも傷があった。それほど深い傷ではないようだ。おそらく、下手人は初太刀を袈裟に斬り下げ、刀身を返して、二の太刀を横に払ったのであろう。

刀十郎が下手人の太刀捌きを思い描いたとき、脳裏にひらめくものがあった。

……鱗返し！

その太刀捌きは、鱗返しのものである。

となると、磯次を斬った下手人は小俣藤次郎ということになる。

まさか、そんなはずはない、と刀十郎は胸の内でつぶやいた。小俣が、磯次とかかわりがあるとは思えなかった。

それとも、金に困った小俣が辻斬りのために、たまたま通りかかった磯次を斬ったのだろうか。だが、磯次は盥まわしのための盥と竹竿を持っていたはずだ。盥まわしの芸人のことは知らなくても、懐の暖かい男には見えなかったはずだ。金のために、辻斬りが磯次を狙ったとは思えない。

刀十郎があれこれ考えていると、急に人垣が騒がしくなり、野次馬を押し退《の》けるようにして、宗五郎、にゃご松、為蔵、安次郎、浅吉の五人が姿を見せた。にゃご松たちは戸板と筵を持っていた。茂平と同じように磯次の死体を引き取るつもりらしい。

「また、芸人が大勢集まってきやがったぜ」

利八が露骨に嫌悪の色を浮かべ、

「まだ、八丁堀の旦那のお調べが済んでねえんだ。どうせ、辻斬りにでも殺られたんだろうが、死骸《おろく》を引き取るわけにはいかねえぜ」

と、釘《くぎ》を刺すように言った。

「承知しておる」

宗五郎は、戸板と筵を持ったにゃご松たち四人をその場に残し、自分だけ刀十郎のそばに近付いてきた。

「刀傷だな」

宗五郎は、すぐに言った。

「はい、袈裟に斬られた後、腹を横に払い斬りにされたようです」

刀十郎は、鱗返しのことは口にしなかった。

宗五郎は剣客らしい鋭い目で、死体を凝視していたが、

「鱗返しかもしれんな」

と、つぶやいた。やはり、宗五郎も鱗返しと見たようである。

「わたしも、そう見ました」

「すると、小俣か」

宗五郎の顔にも、腑に落ちないような表情があった。刀十郎と同じように、小俣が磯次を斬る理由が思い付かなかったからであろう。

「いずれにしろ、下手人は遣い手だな」

宗五郎がそう言ったとき、定廻り同心の菅谷が数人の手先を連れて臨場した。

菅谷は刀十郎と宗五郎の顔を見ると、また、おまえたちか、という顔をして、顎をしゃくって下がるよう指示した。

……どうせ、まともな調べはしないくせに。

刀十郎はそう思ったが、おとなしく引き下がった。宗五郎も黙って身を引いた。ふたりとも、ここで町方とやりあっては損だという気があったのだ。

刀十郎たちは、その場で一刻（二時間）以上待たされた。菅谷は検屍を終え、集まった岡

っ引きや下っ引きたちに聞き込みを命ずるまで、刀十郎たちを無視したのだ。

「おい、こいつを引き取ってもいいぜ」

菅谷が刀十郎たちに声をかけた。

「下手人の目星は？」

宗五郎が静かな声で訊いた。

「おおかた辻斬りにでも、殺られたんだろうよ。まァ、調べてはみるがな、分からねえだろうな」

菅谷は白けた顔で他人事《ひとごと》のように言った。

「そうか、辻斬りか」

宗五郎はそう応じただけで、何も言わなかった。端から、町方の探索に期待していなかったのだ。

磯次の遺体は、にゃご松たちの手で首売り長屋に運ばれた。茂平のときと同じように、長屋の住人の手で弔われることになるだろう。

長屋の住人たちは葬式の準備にとりかかり、小雪をはじめ女たちの何人かは、母親のおまさの悲しみをすこしでもやわらげようと、親身になって世話をした。

ただ、長屋の住人たちの反応は、茂平のときとはだいぶちがっていた。下手人に対する強い憎しみにくわえ、不安と怯えがあった。

住人たちは、茂平と磯次がつづけて殺され、下手人の見当もつかないことから、得体の知れない何者かが、首売り長屋に住む芸人たちの命を狙っているのではないか、という思いを抱いたのだ。そして、次は自分が殺されるのではないか、と思い、強い不安と怯えに襲われたのである。

その夜、宗五郎の許に、堂本、刀十郎、権十の三人が集まった。堂本は磯次が殺されたことを聞いて、駆け付けたのである。

「堂本座の芸人を狙っている者がいるようだな」

堂本が切り出した。

「だ、だれなんだ、そいつは」

権十が目を剝いて訊いた。

「見当もつかん」

堂本の顔は憂慮の翳におおわれていた。

「おれにも、分からんな」

宗五郎が言った。

「いずれにしろ、このままでは済まないだろうな」

堂本は、さらに何かが起こると見ているようだ。

「また、だれか殺されるってことですかい」

「その恐れはある」

堂本はそう言うと、膝先に視線を落とした。

つづいて口をひらく者がなかった。男たちの膝先には、初江が淹れた茶があったが、手を伸ばす者はいなかった。なお、初江はおまさのそばについていて、その場にはいなかった。

堂本がおもむろに顔を上げ、

「これ以上、長屋から犠牲者を出したくない」

そう言って、さらにつづけた。

「磯次は下手人を探っていて、口封じのために殺されたのかもしれん。今後は、探索も用心しなければいけないな」

「長屋の者たちに、話しておこう」

宗五郎がけわしい顔をして言った。

話を聞いていた刀十郎の頭には、小俣のことがあった。やはり、小俣が磯次を斬ったとしか思えなかった。となると、小俣も堂本座の芸人の命を狙っている一味のひとりということになりそうだ。

4

堂本の住まいは、首売り長屋と同じ茅町にあった。ただ、茅町は千住街道に沿って一丁目から二丁目まで細長くつづく町で、堂本の家は一丁目の浅草御門の近くにあり、首売り長屋は二丁目の浅草御蔵寄りにあったので、かなり離れてはいた。それに、堂本は両国広小路にある見世物小屋の楽屋にいることが多く、家にはあまりいなかった。

磯次が殺された五日後の午後、両国広小路の見世物小屋を、五郎蔵《ごろぞう》という男が訪ねてきた。四十がらみ、恰幅《かっぷく》のいい赤ら顔で、眉の濃い、目のギョロリとした男だった。黒羽織に縞柄《すきがら》の小袖姿で商家の旦那ふうだったが、真っ当な男ではないようだった。男の身辺には、荒んだ雰囲気と親分のような凄《すご》みがある。

「堂本さん、おりいってご相談がありましてね。明晩、繁田屋《しげたや》にご足労いただくわけにはまいりませんか」

五郎蔵の物言いは丁寧だったが、低い声には有無を言わせぬ強いひびきがあった。

繁田屋は、柳橋にある老舗の料理屋である。堂本座からは、すぐだった。

「どんなご用ですかな」

相手の素姓も用件も分からないでは、返事のしようもなかった。

「堂本座の深川での興行のことでしてね」

「深川の興行？」

堂本は、深川に仮小屋を建て、茂平の短剣投げと現在両国広小路で人気を博している軽業の綱渡りの出し物で興行する計画を進めていたが、茂平が死んだので演目をどうするか迷っていた。

すでに、堂本は関係筋をとおし、寺社奉行と八幡宮の許可はとってあった。常設は無理なので、五十日間という期間が決められていた。ただ、うまくいけば、その後の興行を打つ足掛かりになるはずである。

「話に聞いたところ、評判を取っていた茂平という芸人が亡くなったそうですな」

五郎蔵が堂本の心底を覗くような目をして見た。

「五郎蔵さんに心配していただくようなことはありませんよ。堂本座には大勢の芸人がおりましてね。それに、大坂から、評判のいい一座を呼んでもいいと思っているんですよ。……ところで、五郎蔵さんは、どういう方ですかな。何か、見世物興行にかかわっているような口振りですが」

五郎蔵は興行師か香具師の親分ではないか、と堂本は思った。あるいは、茂平と磯次殺しにかかわっているかもしれない。

「わたしは、ただの使いですよ」

五郎蔵の口元に薄笑いが浮いた。

「だれの使いなんです？」

「堂本さんが、よくご存じの方ですよ。深川、今川町の越前屋《えちぜんや》さん」

「庄左衛門《しょうざえもん》さんか」

思わず、堂本は声を大きくした。

越前屋は江戸でも名の知れた材木問屋で、あるじの庄左衛門にはいろいろ世話になっていた。今度の深川冨ケ岡八幡宮での興行に際しても、金主になってもらっていたのだ。

小屋を建てての興行には、大金が必要になる。堂本でも、金を集めないことには小屋を建てて新たな興行を打つのは難しいのだ。

「越前屋さんから、堂本さんにおりいって相談があるそうでしてね」

五郎蔵が低い声で言った。

「失礼だが、五郎蔵さんと越前屋さんは、どのようなご関係ですかな」

いままで、庄左衛門から五郎蔵の名を聞いたことはなかった。それに、五郎蔵は材木問屋の商売相手のようには見えなかったのだ。

「まァ、いろいろとね。明日、繁田屋に来ていただければ、はっきりしますよ」

「分かりました。お伺いいたしましょう」

越前屋の用件では、断ることはできなかった。

「それでは、繁田屋でお待ちしてますよ」

そう言い残し、五郎蔵は楽屋から出ていった。

五郎蔵の後ろ姿を見送った堂本は、すぐに首売り長屋にむかった。宗五郎か刀十郎かに、繁田屋に同行してもらおうと思ったのだ。用心棒である。堂本の脳裏に、殺された茂平と磯次がよぎったのである。

……ただの相談ではあるまい。

と、堂本はみていた。

はたして、庄左衛門が来るかどうかも分からない。下手をすると、五郎蔵が手下を連れて乗り込んで来ていて、刃物で堂本を脅し、無理難題を突き付けるかもしれない。帰りがけに茂平と同じように襲われる可能性もある。

堂本はまず大家である宗五郎を訪ねた。

堂本から一通り話を聞いた宗五郎は、

「わしより、刀十郎の方がいいな。この歳では、睨《にら》みがきかんだろう」

と、苦笑いを浮かべて言った。

宗五郎は真抜流の達人だが、見た目は隠居爺《じい》さんといった感じなのである。

「それでは、刀十郎どのに頼みましょう」

堂本は宗五郎の家を出た足で、刀十郎の家へむかった。

刀十郎と小雪は、両国広小路からもどっていた。刀十郎は堂本から一通り話を聞くと、

「分かりました。明日、お供しますよ」

と言って、すぐに承諾した。

翌日、陽が沈んでから、刀十郎は堂本とともに繁田屋にむかった。念のために、武家ふうの格好をして、二刀を帯びた。

繁田屋は老舗の料理屋らしく、落ち着いたなかにも優雅さがあった。入口の前に水が打ってあり、脇のわずかな植え込みのなかに籬《まがき》と石灯籠《いしどうろう》があった。掛け行灯の灯にぼんやりと照らし出されている。

すでに何組もの客がいるらしく、二階の座敷から男たちの談笑や嬌声などが、聞こえてきた。

堂本と刀十郎が格子戸をあけて店に入ると、すぐに女将《おかみ》らしい色白の年増《としま》が姿を見せた。

「越前屋さんの座敷に呼ばれている堂本だが」

堂本がそう言うと、

「どうぞ、どうぞ。越前屋さんは、もうお見えでございますよ」

女将は、すぐに堂本と刀十郎を二階に案内した。

連れていったのは、二階の隅の桔梗《ききよう》の間だった。馴染《なじ》みの客や上客のための座敷のようである。そこは、他の座敷と廊下で隔てられていて、宴席の騒ぎや談合の声が聞こえないようになっていた。

座敷には、五人の男が座していた。越前屋のあるじである庄左衛門の姿はなかった。正面には、越前屋の番頭の留蔵《とめぞう》が顔をこわばらせて座っていた。その脇にいるのは手代らしいが、堂本は名を知らなかった。

左手に五郎蔵と剽悍そうな顔をしたふたりの男が座っていた。

「堂本さん、そこへ」

五郎蔵が、留蔵の右手の座布団に手をむけた。そこに、座ってくれということらしい。どういうわけか、刀十郎の分も用意してあった。

堂本と刀十郎が腰を下ろすと、

「それでは、すぐにお運びいたします」

と言って、女将は座敷を後にした。堂本たちが着きしだい、酒肴《しゆこう》の膳《ぜん》を運ぶことになっていたのであろう。

「そちらは、首売りの旦那でしたな」

五郎蔵が刀十郎に目をむけて言った。

「よく知っているな。ところで、そちらのふたりは」

刀十郎は、五郎蔵の脇に座っている男に目をむけて訊いた。座敷に入ったときから気になっていたのだ。

ふたりとも面長でのっぺりした顔だった。目が糸のように細く、薄い唇が血を含んだように赤かった。双子の兄弟であろうか、顔がよく似ている。ふたりとも真っ当な男ではないようだ。ふたりの身辺には、多くの修羅場《しゅらば》をくぐってきた者の持つ酷薄で陰気な雰囲気がただよっていた。

「峰造《みねぞう》と弥助《やすけ》。兄弟ですよ」

そう言って、五郎蔵は口元に笑みを浮かべたが、目は笑っていなかった。ギョロリとした目で、睨《ね》めるように刀十郎と堂本を見すえている。

「あっしが、峰造で」

頰に黒子《ほくろ》の男が、低い声で名乗った。もうひとりは黙っていたが、弥助らしい。

「ところで、番頭さん」

堂本が留蔵に声をかけた。留蔵とは興行の相談の席で顔を合わせていたので、知っていたのだ。

「庄左衛門さんは、どうされました」

これまで、こうした席に留蔵を代理に寄越し、庄左衛門が顔を見せなかったことはなかったのである。

「つ、都合がありまして……」

留蔵が困惑に顔をゆがめた。声が震えを帯びている。脇に座している手代らしき男も、蒼ざめた顔で身を硬くしていた。

……越前屋に何かあったな。

堂本は直感した。

5

女将と女中が酒肴の膳を運び、七人の膝先に並べ終えると、五郎蔵が、酌はいい、と言ってふたりを帰した。座敷は重苦しい沈黙につつまれていた。とても、酒を酌み交わすような雰囲気ではない。

七人の男がそれぞれ手酌でついで喉をうるおすと、

「それで、興行の話というのは何です」

と、堂本が切り出した。

「お、お世話する件ですが、今回は遠慮したいということでして……」

留蔵が言いにくそうに声をつまらせた。

「どういうことです」

「あるじがもうしますには、資金の工面がつかないので、小屋掛けのお世話は遠慮したいとのことでして」

「庄左衛門さんが、そう言ったのですか」

思わず、堂本の声が大きくなった。

堂本は信じられなかった。ひと月ほど前、深川の永代寺門前仲町の料理屋で庄左衛門と話したとき、

「堂本座の興行は確かですからな。小屋の方は、てまえどもで何とかしましょう」

と、庄左衛門は機嫌よく言ったのだ。

つまり、材木問屋である越前屋で小屋掛けに必要な資金と材料を調達するという話だったのだ。むろん、興行で得た利益の何割かは、金主である越前屋に渡されることになる。

「は、はい……。急に事情が変わりましたもので」

留蔵は苦悶するように顔をしかめた。

そのとき、堂本と留蔵のやり取りを聞いていた五郎蔵が、

「まァ、そういうわけです」

と、ふたりの間に入って言った。

「番頭さん、ここにいる五郎蔵さんとは、どういう関係なんです。今度の件と何かかかわりがあるんですか」

堂本の声には、苛立ったようなひびきがあった。

「そ、それは……」

留蔵が言いよどんで、視線を膝先に落とすと、

「てまえは、越前屋さんにいろいろ相談を受けてましてね。まァ、今度のことも、てまえからも堂本さんに話してくれと、頼まれたわけですよ」

五郎蔵が当然のことのように言って、膳の上の杯に手酌でついだ。

「…………！」

五郎蔵が庄左衛門を脅し、堂本座から手を引くように強要したにちがいない、と堂本は察知した。

五郎蔵は、堂本座に深川での興行をやめさせたいようだ。五郎蔵は深川を縄張りにしている香具師か、冨ケ岡八幡宮の境内に見世物小屋を建てようとしている堂本の商売敵かもしれない。

「堂本さん、深川から手を引いてもらえますかね」

そう言って、五郎蔵は杯をゆっくりとかたむけた。

「お断りしますよ」

「なに、断るだと！」

ふいに、五郎蔵の声に怒気がこもり、恫喝《どうかつ》するようなひびきがくわわった。本性を垣間見せたようである。

「越前屋さんの都合が悪いなら、別の世話人を探しますよ。それに、いざとなれば、堂本座の者が総出で、小屋を建てたっていいんです」

こんな脅しで手を引けるものか、と堂本は思った。堂本座の者で小屋を建てるのは難しいが、大工と鳶《とび》を雇えばできないこともない。

「堂本さん、てまえの話がよく分かっていないようだが、金だけじゃァないんですよ。わたしらは、堂本座に深川に来て欲しくないんです」

五郎蔵の物言いが静かになったが、よけいどすの利いた凄みがあった。

「脅しですか」

「いや、忠告ですよ」

「五郎蔵さん、こういう仕事をしていると、横槍が入ることがよくあるんですよ。一度、言いなりになると、相手は嵩《かさ》にかかってきましてね。さらに、無理難題をふっかけてくるもんなんです。わたしは、理不尽な話には、首を縦に振らないことにしてるんですよ」

堂本が突っ撥《ぱ》ねるように言った。

「さすが、堂本座の座頭だ。よく分かっていなさる。そのとおりですよ。てまえも、深川の次は浅草寺だとみてましてね。堂本座には、深川が済んだら浅草寺から出ていってもらうつもりでいるんです。……小屋掛けの興行だけじゃァないですよ。そこにいる首売りのような芸人も、物貰いも、堂本座の者たちみんなに出ていってもらうんです」

五郎蔵が、刀十郎に目をむけて言った。口元に薄笑いが浮いている。

「な、なに！」

一瞬、堂本が顔をこわばらせた。

……五郎蔵は、堂本座を寺社から締め出そうとしている。

と、堂本は察知した。浅草寺は江戸市中の数ある寺社のなかでも一番の人出のある寺である。金の稼げる浅草寺から締め出されたら、多くの芸人が生きていけなくなる。堂本座の存続も危うくなるだろう。

　五郎蔵は堂本座を寺社から締め出した後、自分の配下の芸人たちを差し向けて金を稼ごうという魂胆ではあるまいか。

　……五郎蔵は香具師か。

　寺社を縄張りにし、場所割りして大道芸人や物売りから金を稼ぐとすれば、まず考えられるのは香具師の親分である。

「おめえさんは、入船町の蓑蔵《みのぞう》親分の身内かい」

　堂本が訊いた。

　深川入船町に蓑蔵という香具師の親分がいた。深川を縄張りにしている男である。ただ、蓑蔵は還暦を過ぎた老齢で、いまは子分もなく、堂本座に喧嘩を仕掛けて浅草まで手をひろげようという野心などないはずだった。それに、堂本は蓑蔵と会って話したこともあり、堂本の小屋掛けには口をはさまないはずである。

「蓑蔵だと。そんな男は知らないね」

　五郎蔵は、脇に座している峰造と弥助に顔をむけて薄笑いを浮かべた。

「いずれにしろ、深川から手を引くことはできませんよ」

　堂本は膝先の膳をすこし前に押し出した。これ以上、ここに座っていることはないと思ったのである。

「堂本さん、茂平や磯次の二の舞になっても知りませんよ」

五郎蔵の声が凄みのある低い声に変わった。堂本を見つめた双眸が、射るようなひかりを帯びている。

「なに！　ふたりを殺ったのは、おまえさんたちか」

堂本の顔がこわばった。

「わたしは、噂を聞いただけですよ」

そう言って、五郎蔵が脇にいる峰造と弥助に目をやった。

すると、峰造たちが懐に手をつっ込み、わずかに腰を浮かした。ふたりの身辺から殺気がはしり、前に踏み込んでくる気配を見せた。

すかさず、刀十郎が腰を浮かし、片膝を立てた。背後の刀架けへ飛び付く体勢を取ったのだ。

「まァ、まァ、ここは手荒なことはなしだ」

五郎蔵が片手を上げて峰造たちを制し、

「それに、首売りの旦那の腕は本物だそうだ。下手《へた》に手を出すと、こっちの首をただで落とされ、獄門台に晒されることになりますよ」

そう言って、膳の杯に手を伸ばした。

五郎蔵に制された峰造と弥助は、しぶしぶ腰を下ろし、懐から手を抜いた。

「五郎蔵さん、いずれまた会うことになりそうだな」

そう言い残し、堂本は腰を上げた。

6

「舅どの、舅どの、刀十郎です」

刀十郎は、腰高障子の前に立って声をかけた。

家のなかで、宗五郎と初江のくぐもったような声が聞こえたのだ。男女の睦言《むつごと》を思わせるような声だったので、遠慮して障子の外から声をかけたのである。

部屋のなかで、待て、待て、という宗五郎の声がし、慌てて身繕いするような音が聞こえた。

刀十郎は、後にすればよかったかな、と思ったが、声をかけてしまったので、いまさら引き返すわけにもいかなかった。

いっときすると、床を踏む音がし、

「刀十郎、入れ」

と、宗五郎が声をかけた。

障子をあけると、座敷のなかほどに宗五郎がどっかりと座り、初江は流し場の前に立っていた。行灯の灯火に浮かび上がった宗五郎の顔は、上気したように赤黒く染まっていた。襟元がはだけ、鬢や髷も乱れている。

一方、初江は刀十郎に背をむけ、乱れた丸髷に手をやってなおしていた。指先がかすかに顫えている。動揺しているようだ。

「お邪魔でしたか」

刀十郎は、土間につっ立ったまま戸惑うような顔をした。

「い、いや、たまたま、取り込んでいてな。……なに、初江にせがまれたもので、年甲斐《としがい》もなく、その気になってな」

宗五郎が、しどろもどろになって言った。

「い、嫌ですよ。そんなこと言っちゃァ」

初江が、刀十郎に背をむけたまま上ずった声で言った。白いうなじが、ほんのりと朱に染まっている。

「ところで、何だ。急用か」

宗五郎が顔をひきしめて訊《き》いた。

「いえ、舅どのに、すぐに報らせてくれと言われておりましたので……」

そう言って、刀十郎は上がり框に腰を下ろした。

繁田屋に出かける前、刀十郎は宗五郎に、長屋にもどったらすぐに様子を話してくれ、と言われていたのだ。

「そうだったな。それにしても、早いじゃァないか。もうすこし、遅くなると思っていたぞ」

「それが、酒を酌み交わすような雰囲気ではなかったのです」

刀十郎は、繁田屋での堂本と五郎蔵のやり取りを話しだした。

初江は刀十郎がしゃべりだすと、そっと宗五郎の後ろにまわって腰を下ろした。刀十郎に背をむけたまま、流し場に立っているわけにはいかなかったのだろう。宗五郎の後ろに寄り添うように座っている初江は、長年連れ添った女房のようであったが、初江の歳が離れているので、父娘《おやこ》のようにも見える。

「ところで、舅どのは、五郎蔵という男を知っていますか」

刀十郎が、声をあらためて訊いた。

「いや、知らぬ。話を聞いたところ、やくざの親分のような男ではないか」

「わたしも、そんな感じがしました」

「茂平と磯次を殺ったのは、五郎蔵の手下かもしれんぞ」

「五郎蔵を探ってみる必要がありますね」

刀十郎は、小俣と五郎蔵もどこかで結びついているような気がした。

「深川だな」

宗五郎が、五郎蔵の縄張りは深川のような気がする、と言い添えた。

「座頭も、そう言ってました」

繁田屋からの帰りしな、堂本が、今度の件の根は深川にあるようだ、とつぶやくような声で言ったのを、刀十郎は耳にしていたのだ。

「長屋の者に深川を探るよう、頼もう」

宗五郎が言った。

「わたしも、探ってみますよ」

刀十郎は、首売りの見世物を、両国ではなく、富ケ岡八幡宮の境内でやってもいいと思った。その方が、小俣と出会う機会が多いかもしれない。

「舅どの、また来ますよ」

話が一段落したところで、刀十郎は腰を上げた。長居しては、宗五郎と初江に悪いような気がしたのである。

「刀十郎」

宗五郎が、土間に立った刀十郎に声をかけた。

「なんです」

「まだ、夜はこれからだぞ」

「えっ」

一瞬、刀十郎は宗五郎が何を言おうとしたのか分からなかった。

「小雪によろしくな」

宗五郎はニヤリとして、後ろの初江を振り返り、片手を伸ばすと、初江、こっちもがんばらんとな、と言って、指先で初江の太腿《ふともも》あたりを撫でた。

「い、嫌ですよ。刀十郎さんが、見てるじゃないの」

初江が鼻声で言って、宗五郎の手をたたいた。

「失礼しました」

刀十郎はそう言い残し、慌てて戸口から出た。

五ツ（午後八時）過ぎであろうか。首売り長屋は深い夜陰につつまれていた。まだ、戸口から灯の洩れている家もあったが、多くは夜の帳《とばり》のなかでひっそりと寝静まっている。

刀十郎の家の腰高障子は、ぼんやりと明らんでいた。小雪が、刀十郎の帰りを待っているのである。

刀十郎は小走りになった。なぜか、いっときも早く家に帰って小雪の顔を見たかったのである。

7

刀十郎が宗五郎の家にむかうと、戸口に堂本と歯力の権十が立っていた。宗五郎と何か話しているようだ。

刀十郎と堂本が繁田屋で五郎蔵たちと会った四日後だった。堂本が入船町の蓑蔵と会って話を訊きたいと言いだし、深川へ出かけることになった。

このことを耳にした宗五郎は、

「頭がひとりで出かけたら、それこそ茂平たちの二の舞になる」

と思い、刀十郎と権十に用心棒として堂本に同行するよう頼んだのである。

堂本は刀十郎と顔を合わせると、

「刀十郎どの、頼みますぞ」

と、おだやかな声で言った。いつものことだが、堂本には敵地に乗り込むような気負いも、恐れもなかった。

「刀十郎、油断するな。頭の命を狙ってくるかもしれんぞ」

宗五郎が念を押すように言った。

刀十郎は黙ってうなずいた。刀十郎も、敵が何か仕掛けてくるような気がしていたのである。

刀十郎たち三人は、宗五郎に見送られて路地木戸から表通りへ出た。六ツ半（午前七時）ごろだったが、表通りは賑わっていた。朝の陽射しのなかを、仕事に向かう大工、出職の職人、風呂敷包みを背負った行商人、船頭らしき男などが、足早に行き交っている。

「頭、越前屋の旦那は、何て言ってたんです」

歩きながら、権十が堂本に訊いた。権十は堂本に対しても遜《へりくだ》った物言いはしなかった。出自が武士だったからであろう。

堂本は五郎蔵たちと会った翌日、庄左衛門さんの気持ちを確かめたい、と言って、今川町まで足を運んだのだ。

「やはり、だれかに脅されているようでしたよ。いまのままでは、越前屋さんに世話人をお願いするのは無理でしょうな」

堂本によると、庄左衛門は堂本と会うのさえ渋ったが、

「会わせてもらうまで、何度でも来る」

と訴えると、会うことは承知したという。

ただ、庄左衛門は痛々しいほど憔悴《しょうすい》し、怯えたような顔で、

「堂本さん、何も訊かずに今度の件から手を引かせてください。お願いしますよ」

と、逆に懇願されたのだ。

やむなく、堂本は、お気持ちが変わったら、またお願いしましょう、と言い置いて、店を出たという。

「わたしが見たところ、庄左衛門さんは何か弱味を握られ、堂本座から手を引くように強要されたようです。……庄左衛門さんの弱味が何なのか探り出し、それを取り除くのも、わたしらの仕事かもしれませんよ」

堂本は歩きながら、自分に言い聞かせるようにつぶやいた。

刀十郎たちは両国広小路へ出ると、人混みのなかを抜けて両国橋を渡った。さらに、大川沿いを川下にむかって歩き、永代橋のたもとを過ぎて間もなく左手の通りへ入った。そこは、冨ケ岡八幡宮の門前通りへつづく道である。

八幡宮の一ノ鳥居の近くまで来ると、陽射しもだいぶ高くなり、往来がだいぶ賑やかになってきた。冨ケ岡八幡宮への参詣《さんけい》客や遊客などが目につく。深川は深川芸者で知られ、深川七場所と呼ばれる七か所の繁盛した遊里があり、遊女目当ての遊客も多かったのである。

冨ケ岡八幡宮の門前近くに来ると、さらに人出が多くなってきた。通り沿いには料理屋、

料理茶屋、茶店などが軒を連ね、繁華街らしい賑わいと喧騒につつまれてきた。

門前の鳥居の前を横切りながら、堂本が、

「どうです、かなりの人出でしょう。これなら、見世物小屋にも客は入りますよ」

と、刀十郎に話しかけた。

堂本によると、出し物で評判をとれば、見世物見物にさらに客が集まるという。ただ、両国広小路ほどの人出はないので、常設の小屋で見世物興行をつづけるのは無理とのことだった。それに、常設では寺社奉行の許しも出ないだろう。

「ですが、年に一度興行できれば、浅草寺と交互にやることもできます。それに、大道での芸なら、じゅうぶんやっていけますよ」

「そうだな」

刀十郎も、これだけ人出があれば、首売りの見世物にも客がつくだろうと思った。

「大道での見世物は、同じ所でつづけたのでは、どうしても飽きられます。ときどき、場所を変えた方がいいんですよ。そのためにも、大道での芸人たちが、深川でも見世物ができるようにしたいんです」

堂本が熱っぽく言った。仕事の話になると、堂本は熱が入るようである。

そんな話をしているうちに、前方に掘割にかかる汐見橋が見えてきた。渡った先が入船町である。

汐見橋を渡っていっとき歩いたところで、堂本が足をとめ、

「確か、あの店だったな」

小体な飲み屋を指差した。戸口に色褪せた赤提灯《あかぢょうちん》がぶら下がっていた。だいぶ古い店らしく、戸口の脇の庇《ひさし》が落ちかかっていた。

堂本によると、蓑蔵はお仙《せん》という情婦《いろ》のやっているこの店に同居しているそうだ。情婦といっても、いまは、四十代半ばの女だという。

「ごめんよ」

堂本が戸口をあけて声をかけた。

なかは薄暗かった。土間に飯台がふたつあり、そのまわりに腰掛け代わりの空き樽《だる》が並べてあった。まだ、客の姿はなかった。ひっそりとして、返事もない。

「だれか、いないかな」

堂本が声を大きくした。

すると奥で、いま行くよ、という女の声が聞こえた。

下駄を鳴らして奥から出て来たのは、でっぷり太った大女だった。顎の肉がたるみ、腹のあたりが樽のようにふくれている。

「見かけない客だね」

女は、戸口に立っている刀十郎たち三人に目をむけた。愛想のない物言いである。

「お仙さんかい」

堂本が訊いた。

「そうだけど、あんたたちは」

この女が蓑蔵の情婦《いろ》らしい。

「蓑蔵さんはいるかな。両国の堂本と言ってもらえば分かるはずなんだが」

「待っておくれ」

お仙は大きな尻をゆさゆさ振りながら、奥へもどっていった。

つづいて姿を見せたのは、小柄な老人だった。色が浅黒く、皺の多い猿のような顔をしていた。鬢や髷は真っ白で、腰も曲がっている。

お仙は出て来なかったが、ふたり並んだら半分ほどしかないかもしれない。こういう組み合わせを、蚤《のみ》の夫婦というのだろう。

「蓑蔵さん、久し振りですな」

堂本が懐かしそうに言った。

「そちらのおふたりは、一座の者かね」

蓑蔵が、チラッと刀十郎と権十に目をやった。

「そうだ。蓑蔵さんに訊きたいことがあってな、両国から足を運んできた。……そうだな、酒をもらえるかな」

堂本が、だいぶ歩いて、喉が渇いたのでな、と言い添えた。

「まだ、漬物と冷奴《ひややつこ》ぐれえしかねえぞ」

「それでいい」

そう言って、堂本が空き樽に腰を下ろした。

「ちょいと、待ってくれ」

蓑蔵はそう言い残して、そそくさと奥へむかった。奥といっても土間のつづきで、そこに流し場があるらしい。

刀十郎と権十も空き樽に腰を下ろした。いっとき待つと、蓑蔵とお仙が銚子《ちようし》と猪口《ちよこ》、それに小鉢を載せた盆を持ってきて、堂本たちの前に酒肴を並べた。

お仙はすぐに奥へもどってしまったが、蓑蔵は堂本の向かいに腰を下ろした。

蓑蔵はしょぼしょぼした目で、堂本たち三人が酒で喉をうるおすのを見ていたが、

「それで、何が訊きてえ？」

と、自分から切り出した。

「五郎蔵という男を知ってるかい」

堂本が、単刀直入に訊いた。

「五郎蔵だと、聞いたことがねえな」

蓑蔵は首をひねった。

「深川の八幡さま界隈《かいわい》で、ちかごろ顔を利かせている男のようなんだがな」

堂本は、五郎蔵という名は偽名かもしれないと思っていたので、年格好や人相も話した。

「それだけじゃァ分からねえな。悪人面《あくにんづら》をしたやつは、掃いて捨てるほどいるからな。何か目立つものはねえのかい」

蓑蔵が訊いた。

「子分らしいのを、ふたり連れていたな。峰造と弥助という名だ」

堂本は、ふたりも偽名を使っているかもしれないと思った。

「聞いたことがねえなァ」

蓑蔵を首を横に振った。

「よく似た顔をしていたので、ふたりは双子の兄弟かもしれないな」

「双子だと」

「そう見えた。兄貴らしい男の頰に、小豆《あずき》粒ほどの黒子があったな」

「そいつら、石場の松鶴《しょうかく》だ、まちげえねえ」

蓑蔵がしゃがれ声で言った。

「なんだい、松鶴とは」

「松造《まつぞう》と鶴造《つるぞう》って双子でさァ。嬶《かかあ》が松に鶴とめでてえ名を付けやがったが、ひでえ悪に育っちまってな。盗人でも殺しでも、平気でやるやつらだぜ」

蓑蔵によると、双子の兄弟は生れが深川七場所のひとつ石場の生れだったことから、石場の松鶴と呼ばれているという。

「そいつの親分が、五郎蔵か」

「いや、五郎蔵ってえ名じゃァねえ。源蔵《げんぞう》だ」

「源蔵がやつの名か」

「まちげえねえ」

「源蔵は、おめえさんと同じような稼業かい」

とすれば、当然、蓑蔵と確執を生じたことがあったはずである。

「おれはもう隠居の身よ。こう老いぼれちまっちゃァ、睨みが利かねえからな。だがよ、源蔵は香具師の元締めじゃァねえぜ。やろうは、博奕《ばくち》打ちだ。弥勒《みろく》の馬五郎《うまごろう》の名を聞いたことがあるだろう」

「あるよ」

馬五郎は深川、本所を縄張りにしている博奕打ちの親分である。背中に弥勒菩薩《みろくぼさつ》の入れ墨があることから、弥勒の馬五郎と呼ばれていた。ただ、あまり表に顔を出さない男で、堂本は馬五郎の顔を見たことがなかった。

「馬五郎の片腕が、源蔵よ」

「そういうことか」

堂本は、馬五郎の狙いが読めた。

深川の富ケ岡八幡宮界隈の香具師を束ねていた蓑蔵が老いて、親分の座から身を引いた。蓑蔵の跡を継ぐ者がいなかったので、馬五郎が香具師たちも支配下に置こうとして手を出してきたのだろう。

馬五郎は深川の香具師たちを束ねるために、まず堂本座の深川への進出を押さえる必要があった。そこで、片腕である源蔵を深川に送り込んできたというわけである。

……厄介な相手だ。

と、堂本は思った。

源蔵の背後には馬五郎がいるのだ。源蔵を始末しただけでは、決着はつかないだろう。

ただ、堂本は、馬五郎のたくらみを蓑蔵には話さないでおこうと思った。隠居して、香具師の親分から足を洗い、情婦と静かに暮らしている男にいらぬ波風を立てることはないのである。

「蓑蔵さん、隠居暮らしも悪くはないでしょう。わたしも、この歳だから、そろそろ隠居のことも考えないとね」

堂本は世間話のような口振りで言った。

8

刀十郎たちが飲み屋を出ると、陽は西の空にまわっていた。八ツ半（午後三時）ごろであろうか。

「すこし、ゆっくりしすぎましたかな」

堂本が空を見上げて言った。

蓑蔵との話が終わってから、蓑蔵に頼んで菜めしを作ってもらって腹拵えをしてから店を出たのだ。

「遅くなったってかまわねえ。ここまで足を延ばせば、どうせ一日仕事でさァ。後は長屋に帰って寝るだけだ」

権十が、大きく張った頤《おとがい》を指先で撫でながら言った。歯力の芸を売り物にしている男らしく、頤がはり大きな歯が覗いていた。巨軀《きょく》とあいまって、獅子舞《ししまい》の獅子のようである。

「越前屋さんを脅したのは、源蔵のようだが、裏で糸を引いているのは、馬五郎とみていいでしょうな」

汐見橋を渡りながら堂本が言った。

「難敵だな」

馬五郎はむろんのこと、片腕の源蔵すらどんな男なのかよく分かっていなかった。子分の数も、どんな男がいるのかもつかめていない。それに、小俣のこともあった。はたして、磯次を斬ったのは小俣なのか。小俣であるとすれば、馬五郎たちとどんなかかわりがあるのか。馬五郎とやり合うなら、まず敵を把握する必要があるだろう。

「いずれにしろ、源蔵や馬五郎の所在をつかまねばどうにもなりませんな」

堂本は、首売り長屋と講釈長屋の大道芸人たちを総動員して、深川一帯を探らせることを言い添えた。

そんな話をしながら、刀十郎たちは富ケ岡八幡の門前を通り過ぎた。そして、山本町を過ぎたところで、右手の路地へ入った。そこは油堀と呼ばれる掘割沿いで、人影のすくない寂しい通りである。堀沿いをたどれば大川端に突き当たり、両国へ行くには門前通りより近道なのだ。

前方に掘割にかかる冨岡橋が見えてきたとき、権十がそれとなく振り返って、

「おい、うろんなのが、尾けてくるぜ」

と、小声で言った。

「三人だな」

刀十郎も、門前通りから右手の路地へ入ってすぐ、一町ほど後ろから歩いてくる三人の男に気付いてた。

いずれも、牢人体だった。総髪の男がふたり。月代《さかやき》を剃《そ》っていたが、朱鞘の大刀を一本だけ落とし差しにしている男がひとり。いずれも、一見して徒牢人《いたずらろうにん》と分かる風体の男たちだった。

「狙いは、わたしら三人のようですよ」

堂本が言った。

それとなく見ると、背後の三人は小走りになっていた。刀十郎たちとの間がつまってきている。両袖をたくし上げ、左手を鍔元に添えて迫ってくる三人の姿には、殺気だった雰囲気があった。

「相手になってやるか」

権十はニヤリと笑って、懐に忍ばせてきた鉄手甲《てってっこう》を取り出して両腕に嵌《は》めた。鉄手甲は、鹿のなめし革の手袋の内側に、鉄片を鱗状に縫い付けたものである。これで敵刃を握ったり、殴ったりする。

権十のような強力の主は、殴るだけでも十分敵を斃《たお》すことができる。それに、柔術の達者だったので、敵の斬撃を受けて懐に飛び込めば、武器《えもの》はいらない。権十にとっては、刀より鉄手甲の方が強力な武器になったのだ。

「頭、後ろに下がっていてくれ」

刀十郎も、三人を迎え討つ気になっていた。

堂本は座頭として卓越した能力と人望があったが、こうした戦いは苦手だった。それに、老齢でもある。下手に手を出さず、離れていてもらった方がありがたいのだ。

「頼みますよ」

堂本はすぐに後ろへ下がった。この場は、ふたりにまかせるつもりなのだ。

刀十郎と権十は、掘割の端が叢になっているところで足をとめた。堂本を背後に置いて、戦える広さのある場を選んだのである。

三人の牢人はばらばらと駆け寄り、刀十郎と権十を取りかこむように三方に分かれて立った。

三人とも見覚えのない顔だった。血走った目で、刀十郎たちを見すえている。

「うぬら、何者だ！」

刀十郎が誰何《すいか》した。

「問答無用！」

刀十郎と対峙《たいじ》した大柄な男が胴間声で言った。朱鞘の大刀を落とし差しにしている男である。この男が三人のなかでは頭格らしかった。三人とも刀の柄を握り、抜刀体勢をとっていた。いまにも抜きそうな気配である。

「追剝ぎとも思えんが、源蔵たちの仲間か」

刀十郎は、源蔵の名を出してみた。

だが、牢人たちの表情に変化はなかった。源蔵の仲間や配下ではないようだ。

「やれ！」

言いざま、大柄な男が抜刀した。

つづいて、ふたりの男も刀を抜いた。刀十郎の左手に中背の男が立ち、もうひとり長身の男が権十と対峙した。

「やるしかないようだな」

刀十郎も刀を抜いた。

大柄な男は八相に構えていた。相手を見下したようなふてぶてしい面《つら》をしている。腕に覚えがあるらしく、腰が据わり構えに隙がなかった。それに、構えに硬さがない。こうした斬り合いに慣れているようだ。

刀十郎は青眼に構え、切っ先を敵の目線につけた。腰の据わった構えで、剣尖にはそのまま突いていくような威圧があった。

大柄な男の顔に、驚いたような表情が浮いた。刀十郎が、これほどの遣い手とは思わなかったのだろう。

刀十郎と大柄な男との間合は三間の余。まだ、斬撃の間からは遠かった。

大柄な男が、チラッと左手の男に目をやり、かすかに顎をしゃくった。先に斬り込め、という合図らしい。

左手の男は、青眼に構えていた。切っ先がかすかに震えている。真剣勝負の気の昂《たかぶ》りで、体が顫えているのだ。

大柄な男が足裏を擦《す》るようにして、ジリジリと間合をせばめてきた。その動きと呼応するように左手の男も迫ってくる。

……袈裟にくる！

刀十郎は、左手の男が踏み込みざま、袈裟に斬り込んでくると読んだ。

間合が迫るにつれ、緊張が高まり、左手の男の全身に斬撃の気配がみなぎってきた。

ふいに、大柄な男が寄り身をとめた。斬撃の間境の半歩手前である。

ヤアッ！

突如、大柄な男が短い気合を発し、つ、と切っ先を突き出した。斬り込むと見せ、刀十郎が反応した瞬間の隙をついて、左手の男に斬り込ませようとしたのである。

瞬間、刀十郎の体が躍動した。左手に身をむけながら、刀身を逆袈裟に撥ね上げたのである。

迅い！

飛燕のような太刀捌きだった。首売りの芸を可能にする刀十郎の速攻剣である。

間髪をいれず、左手の男が斬り込んできた。

青眼から袈裟へ。

刀十郎の逆袈裟と左手の男の袈裟の太刀が、ふたりの眼前で合致し、甲高い金属音とともに上下にはじき合った。

次の瞬間、左手の男の体がよろめいた。刀十郎の斬撃に押されて体勢がくずれたのである。

とそのとき、大柄な男が斬り込んできた。真っ向へ。膂力《りょりょく》のこもった剛剣だった。

だが、刀十郎はこの斬撃を読んでいた。一瞬の体捌きで、右手に跳びざま刀身を横に払ったのである。神速の二の太刀だった。

大柄な男の切っ先は刀十郎の肩先をかすめて流れ、刀十郎のそれは男の脇腹をとらえた。ざっくりと男の着物が裂け、脇腹に血の線がはしった。

大柄な男は力余って前につっ込み、大きく間をとってから反転した。脇腹からふつふつと血が噴き出し、赤い布をひろげていくように血で染めていく。

ただ、それほどの深手ではなかった。皮肉を浅く裂かれただけである。

大柄な男はふたたび八相に構えたが、顔がゆがんでいた。驚きと恐怖であろう。構えた刀身も震えている。

「次は、その首を落としてくれる」

刀十郎が、大柄な男を見すえて言った。

刀十郎の全身を激しい気勢がつつんでいた。ふだんの端整な顔付きではなかった。双眸が猛禽《もうきん》のようにひかり、剣客らしい凄みがある。

「まだ、来るか！」

刀十郎が喝するような声で叫んだ。

「お、おのれ！」

大柄な男は血の気の失せた顔で後じさった。すでに、闘気は消え、大柄な体を恐怖に顫わせている。

「引け！」

大柄な男が声を上げた。そして、刀十郎との間があくと、踵を返して走りだした。

これを見た左手にいた男も、慌てて反転し逃げだした。

刀十郎は、逃げていくふたりを追わなかった。権十に目をやると、すでに勝負は決しているようだった。長身の男は右腕だけで刀を持ち、掘割の岸に追いつめられていた。顔がひき攣り、左手で胸を押さえている。権十の鉄手甲の拳で殴られ、肋骨《あばらぼね》でも折られたようだ。

「頭をぶち割ってやる！」

一声上げて、権十が前に踏み出すと、

「よせ！」

ふいに、男は掘割の岸際を横に逃げた。そして、権十との間があくと、脇腹を押さえて逃げだした。

権十も追わなかった。薄笑いを浮かべながら、刀十郎のそばに歩み寄ってきた。

「意気地のねえやつらだ」

権十が、鉄手甲を嵌めた拳《こぶし》で己の肩をたたきながら言った。

「あっけなかったな」

刀十郎は、もうすこし骨のある相手かと思ったが、それほどでもなかった。それに、やけに逃げ足が速い。命懸けで勝負を挑んできたのではないようだ。

「金で買われた犬かもしれませんよ」

堂本が、ふたりのそばに来て言った。

「買ったのは、源蔵か」

「あるいは、馬五郎かもしれません」

堂本が、三人の男の消えた通りの先へ目をやりながら言った。その双眸に、挑むような強いひかりが宿っている。


掘割沿いの仕舞屋《しもたや》の板塀の陰から、去っていく堂本たち三人に目をむけているふたりの男がいた。

ひとりは牢人体だった。総髪で、黒鞘の大刀を一本落とし差しにしている。もうひとりは遊び人ふうの男だった。盥まわしの磯次を殺した牢人と粂次郎である。

「小俣の旦那、あの侍が首屋でさァ」

粂次郎が言った。どうやら、この牢人が小俣藤次郎らしい。

「剣が迅い。聞きしに勝るいい腕だ。だが、やつの義父の島田宗五郎は、さらに上かもしれんぞ」

小俣は射るようなするどい目で刀十郎の背を見すえていた。

「斬れますかい」

「刀十郎も堂本も、おれの鱗返しで斬る」

小俣は強いひびきのある声で言った。

「もうひとり、図体のでけえのが歯力の権十でさァ。見てのとおり、腕っ節も強《つえ》えが、歯の方はもっと強え。何しろ、餓鬼をいれた盥を、歯で噛んで持ち上げるんですぜ」

そう言って、条次郎は自分の顎のあたりを撫でまわした。

「歯だけではあるまい。あいつには、柔術の心得がありそうだ。……いずれにしろ、ひとりひとり斬らねば、こっちが殺られるな」

「あっしが、何か手を打ちまさァ」

「まかせよう。……ところで、あの牢人どもはどうする」

小俣が訊いた。

「うっちゃっておけばいいんでさァ。やつら、賭場《とば》で知り合った連中でしてね。旦那が刀十郎たちの腕を見たいとおっしゃったんで、ひとり頭、二両で買ったんでさァ。いまごろ、長屋に帰ってうなってるでしょうよ」

条次郎が、薄笑いを浮かべて言った。

第三章　大道芸人

1

深川黒江町。冨ケ岡八幡宮の門前通りから、掘割沿いに三町ほど路地をたどったところに小体な桶屋があった。店先に風呂桶、漬物桶、洗濯盥、手桶、水汲み桶などが所狭しと並んでいる。

店の奥では桶職人らしい男がふたり、板と竹を削っていた。店の親爺《おやじ》と、奉公人らしい若い男である。親爺が削っているのは、桶の材料にする杉板だった。桶板は杉、檜《ひのき》、椹《さわら》などが使われる。

若い男が削っている竹は、桶のまわりをしめつけるための箍《たが》にするのだ。

その店先に、妙な男がひとり立っていた。猫の目かずらをかぶり、色褪せた法衣に白の手甲脚半姿である。

にゃご松だった。左手に托鉢の鉄鉢の代わりに、鮑の殻を持ち、にゃんまみだぶつ、にゃんまみだぶつ、と声高に唱えている。

　にゃご松が店先に立ってまもなく、パタパタとちいさな足音が聞こえ、芥子坊主《けしぼうず》頭に腹掛け姿の四、五歳と思われる男児《おとこのこ》が店から飛び出してきた。

　男児は団栗眼《どんぐりまなこ》を見開き、食い入るようににゃご松を見つめていたが、

「ちゃん！　変な猫が来た」

　と、声を上げた。奥で働いている親爺の子供であろうか。

「定吉《さだきち》、騒がしいじゃァねえか」

　杉板を削っていた男が、肩先に付いた木屑を手でたたきながら出て来た。男児の名は定吉らしい。

　三十がらみであろうか、げじげじ眉の肌の浅黒い男である。大きな丸い目が男児の父親であることを語っていた。

「な、なんだ、おめえは」

　親爺も、丸く目を剝いてにゃご松を見つめた。托鉢僧が、猫の目かずらをつけているのだから驚いて当然である。

「愚僧は、猫向院から来たにゃご入道でござる。……にゃんまみだぶつ、にゃんまみだぶつ……」

にゃご松が唱え始めると、ふいに親爺の顔が奇妙にゆがみ、

「こ、こいつは、おもしれえ！」

吹き出しながらそう言うと、大口をあけて笑いだした。

すると、定吉も、キャッ、キャッと笑い声を上げて、にゃご松のまわりを飛び跳ねながら、
にゃん、まみだ、にゃん、まみだ、と真似して唱え始めた。

親爺は顔を赭くして笑いつづけている。

「にゃんまみだ。……お布施を、にゃんまみだ……」

にゃご松は、笑っている親爺の前に鮑の殻を差し出した。

「ま、待ちな」

親爺は笑いを収め、丼（腹掛けの前隠し）の袋へ手をつっ込んで銭を摘み出した。そして、
鮑の殻のなかへ落とした。鐚銭ばかりだが、七、八枚はありそうである。

「おありがとうござい。にゃんまみだ……」

そう唱えると、にゃご松は急に声をあらためて、

「ところで、旦那」

と、親爺に身を寄せて言った。

「な、なんでえ。急に声色を変えやがって」

親爺が、また目を剝いた。定吉は、親爺の半纏の裾をつかんで脇に立ったままにゃご松を見上げている。

「猫は犬が大嫌《でえきら》いなんでさァ」

「何の話だ」

親爺は、目を剝いたまま訊いた。

「この辺りに、怖い犬がいると聞いてやしてね」

にゃご松が急に声をひそめて言った。

「怖い犬だと」

「へい、それも双子でさァ。ふた月ほど前《めえ》、八幡さまの近くで、そのふたりに、一日まわっていただいた物をそっくり脅し取られやした」

にゃご松が、小声で言った。

「なんでえ、ほんとに犬だと思ったぜ」

親爺が、ふたりの名を訊いた。

「松造と鶴造。石場の生れで、石場の松鶴と呼ばれているそうでさァ」

にゃご松は、刀十郎から聞いていたふたりの名を出した。まず、ふたりの住処《すみか》を聞き出そうとしたのである。

「石場の松鶴か」

親爺の顔に警戒の色が浮いた。どうやら、ふたりのことを知っているようだ。

「そのふたりと、顔を合わせたくねえんでさァ。それで、ふたりはこの辺りに住んでいるんですかい」

「いや、この辺りじゃァねえ。材木町だと聞いてるぜ」

親爺が顔をしかめて言うと、脇に立っている定吉までが同じように顔をしかめた。材木町は油堀の北側にひろがる町である。黒江町からもそう遠くはない。

「長屋ですかい」

「そこまでは知らねえ」

「ところで、旦那、この辺りに源蔵ってえ、怖い犬もいると聞いてるんですがね」

にゃご松は、源蔵の名も出してみた。

「源蔵だと」

親爺の顔に、不安そうな表情がひろがった。源蔵を恐れているようである。

脇につっ立っていた定吉は、ふいに半纏の裾をつかんでいた手を離すと、踵を返した。そして、草履の音をパタパタさせて店へ駆けもどった。大人の話を聞いていても、つまらなかったのだろう。

「なんでも、松造と鶴造の親分だとか」

「親分じゃァねえ、石場の双子の兄貴だ。……おめえ、源蔵や石場の双子の名をやたらに口にしねえ方がいいぜ。命がいくらあっても足りねえからよ」

そう言って、親爺は怖気《おぞけ》をふるうように胴震いしてみせた。

「やっぱり、怖い男のようだ」

「ああ、源蔵たちには逆らわねえ方がいいぜ」

「それで、源蔵の住処は、この辺りですかい」

にゃご松は食い下がった。知りたいのは、住処である。

「源蔵も材木町だと聞いているが……。おめえ、やけにしつっこく源蔵たちのことを訊くじゃァねえか。何か魂胆があるのか」

親爺が、にゃご松に不審そうな目をむけた。物貰い芸人の話ではなく、町方の聞き込みのように感じたのかもしれない。

「魂胆なんかねえ。あっしらのような男には、土地で顔を利かせている連中が、何より怖いんでさァ」

にゃご松はもっともらしく言うと、

「旦那には、きっと、猫菩薩さまの御利益がありやすぜ。……にゃんまみだぶつ、にゃんまみだぶつ」

と唱えながら、店先から離れた。これ以上親爺から話を聞いても無駄だと思ったのである。

親爺は、呆気にとられたような顔をして店先につっ立ったまま、去っていくにゃご松の後ろ姿を見送っている。

2

ちょうど同じころ、深川三十三間堂の門前に、ひとり相撲の雷為蔵が立っていた。三十三間堂は、京洛のそれを模して建立されたもので、富ケ岡八幡宮の東側にある。

為蔵は、褌ひとつの裸形で立っていた。鬼のような巨体の上に、脛毛や胸毛がびっしりと生えている。その異様な姿に、通りすがりの者がひとりふたりと集まってきた。為蔵は腕組みをし、口をひき結んだまま黙ってつっ立っているだけである。それが、かえって通行人たちの好奇心を煽《あお》るのだ。

やがて、三十人ほどの人垣ができると、為蔵は相撲の呼出しを真似て、

「東イー、谷風《たにかぜ》、谷風」

と、声を張り上げ、つづいて谷風の真似をして四股《しこ》を踏み始めた。

　すると、人垣のなかから、谷風！　谷風！　と声援が上がった。

　ふたたび、為蔵は呼出しになり、

「西イー、雷電、雷電」

　と声を上げ、すかさず今度は雷電の真似をして四股を踏んだ。

　人垣のなかから、今度は、雷電！　待ってました、雷電！　などと、声が上がる。

　為蔵は人気力士の谷風と雷電の取り組みの真似を、ひとりでやろうというのである。

「さァ、さァ、谷風と雷電の取り組みだよ」

　そう言って、為蔵は立ち合いから、がっぷり四つになるまでの谷風と雷電の動きを真似てみせた。

「……お鳥目だよ、お鳥目だよ。谷風が多ければ、谷風の勝ち。雷電が多ければ、雷電の勝ちだ」

　為蔵が声を上げた。谷風と雷電が、がっぷり四つになった格好のままである。

　すると、人垣のなかにいた手ぬぐいで頬《ほ》っかむりした男が、

「谷風だ！」

　と叫びざま、波銭を二枚、為蔵の足元に投げた。

　頬っかむりした男に挑発されたように、別の男が、雷電！　と声を上げ、銭を二枚投げた。

つづいて、人垣のあちこちから、谷風！　雷電！　という掛け声とともに、銭が為蔵の足元に飛んだ。

頬っかむりした男は、さくらだった。為蔵と組んでまわっている首売り長屋の市助《いちすけ》という男である。

「さア、さア、谷風が勝つか！　雷電が勝つか！　お鳥目しだいだよ」

為蔵は声を張り上げ、太い腕を首にまわしたり、まわしを取っている格好をしたりして、谷風と雷電が取り組んでいる様子をひとりでやってみせた。

すかさず、市助が、谷風！　と声をかけざま、銭を投げた。すると、また何人かが、谷風と雷電の名を上げながら、パラパラと銭を投げた。

「おお、雷電が寄った！　寄った！」

為蔵が谷風の真似をしながら寄り身をみせる。

「谷風、寄り返せ！」

叫びざま、市助が銭を投げた。

「寄り返した！　谷風が、寄り返した」

と、別の男が、雷電、上手投げだ！　と叫びざま、波銭を一枚、為蔵の足元へ投げた。

「上手投げ！　雷電の上手投げ」

すかさず、為蔵が上手投げの真似をした。

「谷風、下手投げを打ち返せ！」

集まった客たちは、すっかり勝負に夢中になっている。贔屓《ひいき》力士を勝たせようと、銭を投げた。もっとも、ほとんど一文銭である。何度投げても、たいした額ではない。ただ大勢の客が投げる銭は、馬鹿にならないのだ。

集まった客たちをうまく勝負のなかに引き込んで夢中にさせるのが、ひとり相撲の芸の見せどころである。

「谷風、下手投げ！　下手投げ。おっと、雷電の上手投げだ」

為蔵は巨体で、下手投げを打ったり、上手投げを打ったり、めまぐるしく動いた。

「おお！　谷風と雷電が、いっしょに倒れた！」

叫びざま、為蔵は投げ打った格好のまま、ドテッと横に倒れた。

どちらが勝ったか分からない。客たちは、息をつめて、為蔵の次の言葉を待っている。

為蔵はおもむろに立ち上がり、今度は軍配を持った行事の真似をすると、手にした軍配を頭上に上げ、

「ただいまの勝負、引き分けにございます！」

と、声を張り上げたのである。

一瞬、客たちは呆気にとられたような顔をしていたが、人垣が揺れて溜《た》め息と笑いが起こった。為蔵に文句を言う者はいなかった。しばしの間、谷風と雷電の勝負を目の前に見ていたような気分になったことで、満足しているのである。

為蔵が落ちている銭を集めだすと、人垣がくずれ、客たちがその場から離れ始めた。

「ちょいと、兄イ」

市助が声をかけ、見物人のなかにいた遊び人ふうの男に近付いた。さっきから、この男にしようと目をつけていたのである。

「なんでえ」

男はうさん臭そうな目を市助にむけた。弁慶格子《べんけいごうし》の単衣《ひとえ》を裾高に尻っ端折りし、両脛をあらわにしていた。二十代半ばであろうか。目の細い、顎のとがった男である。

「いい勝負でげしたね」

市助が愛想笑いを浮かべながら言った。

「まァ、ふたりの勝負なら、雷電の勝ちよ」

どうやら、男は雷電が贔屓らしい。

「あっしもそう思いやすぜ。なんてたって、雷電は強《つえ》え」

市助は調子よく話を合わせた。

「それで、おれに何の用だい」

男が歩きながら訊いた。機嫌はいいらしく、口元に笑みが浮いている。市助のことを、同じように雷電を贔屓にしていると思ったらしい。

「相撲もいいけど、あっしは、これに目がねえんでさァ」

市助は男と並んで歩きながら、壺を振る手真似をしてみせた。

「おれも、嫌いじゃァねえぜ。……ところで、おめえの名は」

「船頭をやっている助六《すけろく》でさァ」

市助は咄嗟《とっさ》に頭に浮かんだ偽名を口にした。

「助六、おれに何か訊きてえことでもあるのかい」

男から訊いてきた。

「谷風と雷電の相撲に熱くなってたら、一勝負やりたくなりやしてね。深川には弥勒親分の賭場があると聞きやして、兄イなら、知っているんじゃァねえかと思い、声をかけたんでさァ」

市助は馬五郎の名は口にせず、その筋の者らしく弥勒親分と言った。

市助の狙いは、馬五郎の賭場を聞き出すことにあった。そこから、子分たちの様子や馬五郎の住処も分かるだろうと踏んだのである。

「そうかい。賭場はあるがな、まだ、早《はえ》えぜ」

男が小声で言った。まだ、昼前だった。賭場はひらいていないのだろう。

「なに、そこらで一杯《いっぺえ》やりながら、陽がかたむくのを待ちまさァ」

市助も声をひそめて言った。

「おい、耳を貸せ」

男は市助に身を寄せ、声をひそめて言った。

「一ノ鳥居の先に小間物屋がある。その脇の路地を入ってな、二町ほど行くと、板塀をめぐらせた仕舞屋がある。……賭場はそこだよ」

「ヘッヘヘ……。ありがてえ、今夜は、そこで一儲《ひともう》けさせていただきやすぜ」

市助は笑みを浮かべて、男に頭を下げた。内心、市助はほくそ笑んでいた。馬五郎の賭場のある場所が分かりそうである。

「いいか、助六、賭場のことをやたらに口にするんじゃァねえぜ。弥勒親分は、怖《こえ》えからな。おめえの口から、町方に洩れたことでも分かりゃァ、すぐに首が飛ぶぜ」

男が釘を刺すように言った。

「分かってまさァ。あっしだって、素人じゃァねえ」

市助がもっともらしい顔をして言った。

この日、深川にもぐり込んだ堂本座の大道芸人や物貰い芸人たちは、にゃご松や為蔵たちだけではなかった。大勢の者たちが、深川一帯に散って馬五郎や源蔵たちのことを探ったのである。これが、堂本座の力だった。寺社の門前や賑やかな通りだけでなく、人影のすくない路地や長屋のなかにまでもぐり込んで、情報を収集するのだ。その探索力は、町方のそれをはるかに超えるのである。

しかも、芸人たちは無償で動いた。その原動力は、町人にすら蔑《さげす》まれ虐げられた者同士の強い結束力である。さらに、今回は仲間の短剣投げの茂平と皿まわしの磯次が殺されていた。芸人たちの間には、ふたりの敵を討ってやりたいという強い気持ちがあったのである。

そうして探りだした情報は、首売り長屋の場合は宗五郎に集められ、講釈長屋は彦斎に伝えられて、堂本の耳に入ることになっていた。

3

「あの足袋《たび》屋かな」

刀十郎は路傍に足をとめて、店の軒下につるしてある足形の看板に目をむけた。

そこは神田平永町の表通りから路地を一町ほど入ったところだった。刀十郎は、彦江藩の秋元小三郎に会うために来たのである。

以前、秋元とそば屋の笹吉で話したとき、秋元から、平永町の彦江藩士の町宿に草鞋《わらじ》を脱いでいると聞いていたのだ。なお、町宿というのは、江戸の藩邸に入り切れなくなった江戸勤番の藩士が住む借家のことである。

……たしか、足袋屋の脇の路地を入った先だと聞いていたが。

見ると、それらしい細い裏路地があった。

路地沿いに小体な店や表長屋などが軒を連ね、思ったより人通りは多かった。遊んでいる子供たち、ぼてふり、風呂敷包みを背負った行商人、夕餉の菜でも買いに来たらしい長屋の女房などが目についた。

……あれか。

八百屋の先に、板塀をめぐらせた古い借家ふうの家屋があった。

刀十郎は、念のため店先にいた八百屋の親爺に訊いてみた。

「その家が、宇佐美清助《うさみきよすけ》どののお住まいかな」

刀十郎は、町宿に住んでいる彦江藩士の名は、宇佐美清助と聞いていたのだ。ただ、刀十郎は宇佐美の顔も知らなかった。秋元から、宇佐美は六十石を食む祐筆《ゆうひつ》だと聞いていただけである。

「へい、宇佐美さまが、住んでおられやす」

親爺は、腰を低くして言った。刀十郎も、彦江藩士と見たのかもしれない。

「邪魔したな」

刀十郎は親爺に礼を言って、店先から離れた。

路地に面して、戸口につづく枝折り戸《しおりど》があった。刀十郎はその枝折り戸の前で足をとめて、耳を澄ませた。家のなかにだれかいるらしく、話し声が聞こえた。男らしいくぐもった声である。

刀十郎は戸口の引き戸をあけて、敷居をまたいだ。奥から話し声が聞こえてきたが、秋元の声かどうかは分からなかった。

「どなたか、おられぬか」

刀十郎は奥にむかって声をかけた。

すると、話し声がやみ、障子をあける音につづいて床板を踏む足音が聞こえた。

土間の先の廊下から姿を見せたのは、三十がらみの痩せた武士である。首が細く、すこし猫背である。武芸の稽古などには縁のなさそうな男だった。ただ、脆弱《ぜいじゃく》な感じはしなかった。刀十郎にむけられた細い目に、能吏らしいするどいひかりがあったからである。

「どなたですか」

武士が刀十郎を見つめて訊いた。

「元彦江藩士、島田刀十郎でござる」

刀十郎は名乗った。

「おお、そこもとが藤川どの、いや島田どのか、前々から、噂を聞いておりました。それがしは、宇佐美清助でござる」

宇佐美は口元から皓《しろ》い歯をのぞかせて笑みを浮かべた。

「秋元どのは、おられますか」

刀十郎が訊いた。秋元に話があって、訪ねて来たのである。

「いま、秋元どのと、おぬしのことを話していたところなのだ。男所帯でむさ苦しいところだが、上がってくれ。遠慮はいらん」

そう言って、宇佐美は刀十郎を招じ入れた。

居間らしい座敷に、秋元が座していた。刀十郎の顔を見るなり腰を浮かせ、

「刀十郎、よく来たな」

そう言って、秋元は破顔した。両国広小路で会ったときより、陽に灼けて顔が浅黒くなっていた。だいぶ、市中を歩きまわったようである。

刀十郎は座敷に腰を下ろし、宇佐美が秋元の脇に座ったのを見てから、

「小俣のことを話してもかまわんか」

と、秋元に訊いた。宇佐美の耳に入れてもいいのか、確かめたのである。

「かまわん。宇佐美どのにも上意討ちのことは話してあり、いろいろ便宜をはかってもらっているのだ」

「それで、小俣の所在は知れたのか」

刀十郎は、まずそのことを訊いた。

「いや、まだだ。心当たりを歩きまわっているのだが、いまだに所在はつかめん」

秋元は渋い顔をした。

「小俣だがな。深川にいたらしいのだ」

刀十郎が言った。

そのことをつかんできたのは、にゃご松や為蔵など、深川一帯に散って情報を集めてきた首売り長屋の男たちだった。

ただし、確かな情報ではなかった。磯次を斬った牢人が、馬五郎の賭場の用心棒をしていたらしい、という話を市助が聞き込んできただけなのだ。しかも、現在は馬五郎の賭場にはいないらしいという。

ただ、刀十郎は小俣の塒《ねぐら》が深川にあるのではないかとみていた。それというのも、小俣とかかわりのある馬五郎の縄張りは深川であり、源蔵の塒も深川にあるらしいと睨んでいたからである。

「深川のどこだ」

秋元が身を乗り出して訊いた。

「まだ、はっきりしないが、賭場の用心棒をしていたらしいのだ」

刀十郎は、馬五郎の名も源蔵の名も出さなかった。馬五郎たちは、秋元や彦江藩とは何のかかわりもないのだ。

「小俣なら、やりそうだ。江戸に出ても、何かせねば生きていけんだろうからな」

秋元によると、小俣は江戸に縁者がいて、出府したのではないかという。

「それで、小俣だが、町人にも刀をふるうような男か」

武士の矜持を持っていれば、やたらに町人を斬ったりしないだろう、と刀十郎は思ったのだ。

「むろんだ。あの男は残忍でな。女子供も平気で斬るだろう」

秋元の顔に憎悪の表情が浮いた。

「そうか」

刀十郎は、やはり磯次を斬ったのは、小俣だろうと思った。

「実は、同じ長屋に住む者が、小俣に斬られたらしいのだ」

刀十郎は磯次の名を出さなかった。堂本座の芸人たちのことまで、秋元に話す必要はないと思ったのだ。

「まことか」

秋元が驚いたような顔をした。

「刀傷を見たが、鱗返しのものだ」

「小俣だが、なにゆえ長屋の住人を斬ったのだ」

秋元が訊いた。

「おそらく、依頼されて金ずくで斬ったのだろう」

小俣と磯次の間に私的なかかわりがあったとは、思えなかった。磯次が茂平殺しを探っていて何かつかんだのを小俣たちに知られたか、堂本座への見せしめのために殺されたかであろう。

「うむ……」

秋元の顔に、ふたたび憎悪の表情が浮いた。小俣が、金ずくで町人を手にかけたと聞いたからであろう。

「それで、おぬしに訊いておきたいことがあるのだ」

　刀十郎が声をあらためて言った。

「なんだ」

「小俣の住処が知れたら、おぬしに知らせるつもりではいるが、それができない場合もある。そのときは、こちらで斬ってもかまわんか」

　刀十郎は、そのことを確かめるために、秋元を訪ねてきたのである。咄嗟の場合、秋元に知らせた上で討つような余裕はないだろう。それに、小俣が刀十郎を襲撃するかもしれないのだ。

「かまわん。たとえだれであっても、小俣が斬られたとなれば、上意討ちは終わるのだ。……ただ、できるだけおれに知らせてくれ。おれは、小俣を斬るために出府したのだからな」

　秋元がけわしい顔で言った。傍らに座している宇佐美も、こわばった顔で刀十郎を見つめている。

「承知した」

　刀十郎も、可能ならば秋元に助勢して、小俣を斬りたいと思っていたのだ。

　それから小半刻（三十分）ほどして話が一通り終わると、刀十郎は腰を上げた。

「刀十郎」

　秋元が声をかけた。

「小俣の恐ろしさは、鱗返しだけではないぞ。やつは、相手の腕のほどを見極め、勝てると踏んでから勝負を仕掛けてくる。敵を斬るためには、手段を選ばぬ男だ」

刀十郎を見上げた秋元の双眸が、射るようなひかりを帯びている。

「油断はすまい」

刀十郎はちいさくうなずいて座敷を出た。

4

腰高障子の向こうで、慌ただしい足音が聞こえた。刀十郎の家に、だれかが駆け寄ってくるようだ。

刀十郎と小雪は、首売りの見世物に出かけるために座敷で着替えていた。小雪は身装《みなり》をがらりと変えるが、刀十郎はふだんの着流しの小袖に袴《は》を穿くだけである。

袴の紐を結んでいた刀十郎の手がとまった。ガラリ、と腰高障子があいて、にゃご松が顔を出したのである。

にゃご松は雲水の格好をしてはいたが、猫の目かずらはしていなかった。素顔は、頬がふっくらして、垂れ目だった。いかにも人のよさそうな恵比寿顔である。その顔がゆがんでいた。

「刀十郎の旦那! 膏薬《こうやく》売りの寅吉《とらきち》が殺られた」

にゃご松が、声をつまらせて言った。

寅吉は熊野から来た薬売りと称し、頭から熊の毛皮をかぶり、猟師のような格好をして、熊の脂薬を貝殻に入れて売り歩いていた。熊の脂薬は打ち身、切り傷などに効くと言われていたのである。

「寅吉が、殺されただと!」

思わず、刀十郎は声を上げた。

「へい、今川町の大川端で殺されてやした」

にゃご松が早口でしゃべったことによると、今朝、深川へいつもの猫の目かずらをかぶった僧形で托鉢に行く途中、大川端で人だかりがしているのを目にしたという。覗いて見ると、寅吉が殺されていたそうである。

「舅どのに、知らせてくれ」

「承知しやした」

にゃご松は土間から飛び出した。

刀十郎は座敷にもどり、大小を腰に帯びた。ともかく、現場へ駆け付けるつもりだった。

「わたしも行きます」

話を聞いていた小雪が、目をつり上げて言った。

「見ても仕方がないぞ」

刀十郎は、女の小雪に残忍な死骸を見せたくなかったのだ。

「いえ、行きます。長屋の者が殺されたのは、これで三人目です。わたしも、できることがあれば、手伝いたいのです」

「ならば、いっしょに行こう」

とめても聞かないだろう、と刀十郎は思った。小雪は心根は優しいのだが、一度言いだしたら聞かない頑固なところがあった。それに、寅吉は独り者だった。妻子がいれば、小雪にそばにいてもらうように頼めるが、今度はそれもできない。

外へ出ると、ちかくの戸口に女房や子供、まだ稼ぎに出ていない亭主などが姿を見せていた。どの顔も、不安そうである。にゃご松と刀十郎のやり取りを聞いていたのかもしれない。

刀十郎と小雪は両国橋を渡り、本所へ出ると、大川端を川下にむかった。賑やかな両国橋の橋詰を抜けて竪川《たてかわ》にかかる一ツ目橋を渡ると、急に通行人の姿がすくなくなった。

風のない穏やかな晴天だった。大川の川面は初秋の陽射しを反射《はね》て、キラキラとかがやいていた。その眩いひかりのなかを、猪牙舟や荷を積んだ艀などが、ゆったりと行き来している。

仙台堀にかかる上ノ橋を渡って今川町へ入るとすぐ、

「刀十郎さま、あそこに」

小雪が、前方を指差した。

川岸の土手際に人だかりがしていた。通りすがりの野次馬らしい。人垣の後方には女子供の姿もあった。近くの住人であろう。

刀十郎は人垣に近付くと、肩越しになかを覗いてみた。ふたりの悶っ引きらしい男の足元に、つっ伏している人影が見えた。ただ、膝丈ほどの雑草が生い茂っていたので、人が横たわっているのは分かったが、男女の区別もつかない。

「通してください」

ふいに、小雪が甲高い声を上げた。刀十郎より背の低い小雪は、なかの様子が見えなかったらしい。

小雪の声で人垣が割れた。小雪にむけられた男たちの目に好奇の色があった。小雪は、ふだん首売りの見世物に着用している水色の小袖に朱の肩衣、短袴という派手な身装《みなり》で来ていたのである。

小雪は、男たちの視線などまったく気にせず、人垣の隙間からなかに踏み込んだ。小雪にとって、男たちの視線も特別なものではなかった。ふだん、見世物で慣れていたのである。

刀十郎は、慌てて小雪の後から人垣のなかへ割り込んだ。

叢につっ伏しているのは寅吉だった。寅吉は、顔を横にむけて死んでいた。苦悶に顔をしかめたまま瞠《みひら》いた目が、虚空を見つめている。膏薬売りのさいに、頭からかぶっている熊の毛皮が脇の雑草のなかに落ちていた。膏薬の入った木箱は肩にかけたままである。

「刀十郎さま、脇腹に血の色が」

小雪が蒼ざめた顔で言った。

「腹を刺されたようだな」

雑草に遮られて、はっきり見えなかったが、寅吉は刃物で脇腹を刺されたようである。

……刀ではないかもしれん。

寅吉は匕首のような短い刃物で刺されたのではないか、と刀十郎は思った。すくなくとも、鱗返しでないことは確かである。

「だれが、こんなひどいことを……」

小雪が眉宇を寄せて言った。涙ぐんでいる。やはり、女である。寅吉の死体を目の当たりにして、怒りとともに悲痛が込み上げてきたようだ。

そのとき、寅吉の脇に立っていた赤ら顔の岡っ引きらしい男が、

「だれか、こいつを知らねえか」

と、集まっている野次馬たちに声をかけた。

あろう。

すると、人垣のなかから、

「益造《ますぞう》親分、死骸《ほとけ》は膏薬売りですぜ」

と、声が聞こえた。岡っ引きは益造という名らしい。今川町界隈を縄張りにしている男で
「膏薬売りなのは、見れば分かる。おれが知りてえのは、こいつの名と塒だよ」

益造がそう言ったとき、刀十郎が前に進み出た。

「その男の名は寅吉だ。住まいは、浅草茅町」

「お侍さまは」

益造がうさん臭そうな目で刀十郎を見た。

「同じ長屋に住む者だ」

刀十郎は名乗らなかった。名や素性を知りたければ、茅町の首売り長屋まで足を運んでくるだろう。

「ヘッへへ……。そうでしたかい。死骸《おろく》は商売の帰りに飲み過ぎて、やくざ者と喧嘩でもしたのかもしれやせんぜ」

益造は、刀十郎と背後にいる小雪に目をむけながら言った。口元に嘲笑が浮いている。刀十郎のことを、武士の格好はしているが貧乏牢人か物乞いの類《たぐい》と見たのであろう。

「…………」

　刀十郎は何も言わなかった。端から、町方には期待していなかったのである。

　そのとき、人垣が大きく割れて、宗五郎と長屋の連中が姿を見せた。大勢だった。長屋に居合わせた男たちが、話を聞いて駆け付けたのだろう。男たちは悲憤と興奮とで顔が蒼ざめ、目がつり上がっていた。

　ずかずかと宗五郎が、刀十郎のそばに歩を寄せてきた。そして、叢にうつぶせになっている寅吉の姿を見ると、脇に屈み込み、いきなり寅吉の肩先をつかんで仰向けにさせた。

「お、おい、手を出すな。勝手なことをされちゃァ困る。まだ、八丁堀の旦那も死骸《ほとけ》を拝んでねえんだ」

　慌てて、益造が言った。

「傷口を見るだけだ。それに、この男は同じ長屋に住む者なのだ」

　宗五郎が、益造を見すえて言った。

　益造は宗五郎の迫力に気圧《けお》されたのか、それとも同行した十人ほどの男たちに恐れをなしたのか、

「ともかく、八丁堀の旦那が来るまで、手を触れねえでくれ」

　と、困惑したような顔をして言った。

「分かった。見るだけにしよう」

宗五郎はおとなしく身を引き、刀十郎と肩を並べて寅吉の死体に目をやった。

やはり、刺し傷だった。二か所、刺されている。脇腹と胸である。寅吉の継ぎ当てのある小袖が、どっぷりと血を吸い、どす黒く染まっていた。体の下になっていた雑草も、血に染まっている。おそらく、寅吉はこの近くで刺され、この場に倒れて絶命したのであろう。

「舅どの、茂平の傷と似てますね」

刀十郎が小声で言った。

「同じ手だな」

「源蔵たちの手にかかったとみていいでしょうね」

「そうだな」

宗五郎がけわしい顔でうなずいた。

それから、小半刻（三十分）ほどして、北町奉行所の菅谷が数人の手先を連れて臨場した。

菅谷は刀十郎や首売り長屋の男たちを目にすると、

「また、首売り屋かい」

と言い、渋い顔をして寅吉のそばに近寄った。

刀十郎たちは後ろへ下がった。ここで、菅谷と言い合って揉《も》めるより、早く死骸を引き取って葬ってやりたかったのである。

菅谷の検屍は、いっときで終わった。着物の胸元をひらいて傷を見た後、巾着を持っているか調べただけである。巾着はなかった。下手人が持ち去ったらしい。

「おい、近所で聞き込んでみろ。昨夜、こいつが殺されたのを見たやつがいるかもしれねえ。……どうせ、喧嘩か追剝ぎにでも殺られたんだろうがな」

菅谷は投げやりな声で、近くにいた手先たちに指示した。

岡っ引きや下っ引きたちは、気乗りのしない顔をしてその場から離れていった。殺されていたのが身分の卑しい物売りなので、本気で探索する気がないようである。

「首売り屋、死骸《ほとけ》をひき取ってもいいぜ。手厚く葬ってやんな」

菅谷が刀十郎に声をかけた。口元に薄笑いが浮いている。

それを聞いた宗五郎が、すぐに長屋の住人たちに寅吉の死骸を長屋へ運ぶよう指示した。茂平や磯次と同じように長屋の住人の手で葬ってやるのである。

5

「お、お頭、これで、三人ですぜ」

籠抜けの安次郎が、顔をこわばらせて言った。

「なんとかしねえと、みんな殺られちまう」

為蔵が、巨体の肩をすぼめながら言った。鬼瓦のような顔が、悲憤で押し潰されたようにゆがんでいる。

首売り長屋の宗五郎の家の前に、長屋の男たちが十数人集まっていた。どの顔にも悲憤と不安の色があった。

寅吉の葬式を終えた日の夕方である。堂本、権十、講釈長屋の彦斎が一休みするため、宗五郎の家へ立ち寄ったのだ。そこへ、長屋の連中も集まってきたのである。

「わしも、これ以上、一座の者から犠牲者を出したくないんだよ」

堂本が言った。静かな声だが、顔には濃い悲痛の色があった。

「お頭、あっしらは、どうすりゃァいいんで」

軽業師の飛助《とびすけ》という小柄な男が、訴えるように言った。

「わしらが、深川や浅草から手を引きさえすれば、馬五郎たちも手を出さないだろう。その代わり、深川、浅草では稼げなくなりますよ。下手をすれば、両国からも追い出されるかもしれないな」

「そ、そんなことになりゃァ、あっしら長屋の者は、みんな飢え死にですぜ」

安次郎が声を震わせて言った。

「それが嫌なら、馬五郎たちの言いなりにはならないことだ」

堂本は、馬五郎たちと戦うしか堂本座が生きていく道はないと肚《はら》をくっていた。

「馬五郎なんぞ、怖かァねえ！」

為蔵が大声を上げた。

だが、つづいて声を上げる者はいなかった。深川や浅草から締め出されたら、多くの大道芸人や物乞い芸人たちは稼ぎ場を失い、生きていけないことは分かっていた。そうかといって馬五郎に逆らうのは怖いのだ。長屋の住人が三人も無残に殺されたのを目の当たりにして、馬五郎たちの恐ろしさをあらためて思い知ったのだ。

長屋をつつんだ濃い暮色のなかで、男たちは苦渋の色を浮かべてうなだれている。

そのとき、宗五郎が、

「おれに、策がある」

と言って、一同に視線をまわした。

男たちは、食い入るように宗五郎を見つめている。

「しばらくの間、深川は八幡さまの界隈だけにすればいい。大勢で行って、大勢で帰るのだ。それに、陽があるうちに帰れば、やつらも手出しできないはずだ」

茂平、磯次、寅吉は、いずれもひとりのとき、寂しい通りで殺られていた。馬五郎たちは、堂本座に対する見せしめと口封じのために殺しているのであって、大道芸人を皆殺しにしようと思っているわけではない。それに、殺しを実行しているのは、ひとりかふたりである。集団を襲って、殺そうなどとは思わないはずだ。

「おれも、深川へ行こう」

宗五郎の脇にいた刀十郎が口をはさんだ。

八幡宮の境内で、首売りの見世物をしてもいいと思ったのだ。そうすれば、小俣のことが何か知れるかもしれない。

「刀十郎さまがいっしょなら、心強《づ》え」

為蔵が上ずった声で言った。

他の男たちも安心したような顔をして、口々に、刀十郎さまがいっしょだ、ありがてえ、馬五郎など怖かねえ、などとしゃべりだした。

「ですが、旦那、それじゃァ、馬五郎たちを探れねえ」

安次郎が言った。

すると、男たちのおしゃべりがやみ、ふたたび視線が宗五郎に集まった。安次郎の言うとおり、八幡宮界隈だけでは、馬五郎たちの探索はかぎられてしまうのだ。

「心配はいらぬ。今度は、こちらから馬五郎たちに仕掛けるつもりでいるのだ。探っているだけでは、埒《らち》が明かぬからな」

宗五郎は、鶴造を捕らえて口を割らせた方が手っ取り早いと思っていた。それというのも、安次郎が鶴造の塒を嗅《か》ぎ出していたのだ。深川、黒江町の小料理屋とのことだった。その店の女将が、鶴造の情婦《いろ》らしいという。

鶴造が小料理屋にあらわれたところを捕らえ、口を割らせれば、馬五郎のたくらみも源蔵や小俣の隠れ家も知れるだろう。

「そういうことだ。しばらくの間、深川へ行く者は八幡さま界隈だけにしてくれ」

堂本が一同に言った。

「承知しやした」

安次郎が言うと、他の男たちもうなずいた。

安次郎たち長屋の男が引き上げた後、堂本や刀十郎たちは、ふたたび宗五郎の家に入った。

刀十郎、堂本、彦斎、権十の四人が、上がり框に腰を下ろし、初江が淹れてくれた茶で喉をうるおした後、

「旦那、こっちから仕掛けるって言ってやしたが、何をやる気なんです」

と、権十が訊いた。

「鶴造を捕らえてな、口を割らせればいいかと思ったのだ」

宗五郎が言った。鶴造の塒をつかんだことは、権十や堂本たちも知っていた。

「鶴造が簡単に口を割ればいいが……」

刀十郎は、鶴造が簡単にしゃべるとは思えなかった。

鶴造は、仲間のことを吐けば自分が殺されることを知っているはずだ。なまじの拷問では口をひらかないだろう。それに、こちらでつかんでいるのは、鶴造だけなのだ。鶴造が吐く前に死ぬようなことになれば、せっかくつかんでいた唯一の糸が切れてしまうことになる。

刀十郎が懸念を口にすると、権十が、

「あっしが、鶴造を尾けやしょう」

と、言った。権十によると、鶴造は双子の兄弟である松造と頻繁に会っているはずなので、あらわれた松造の跡を尾ければ塒がつかめるはずだという。

「松造の塒が分かれば、鶴造が口を割らずに死んだってかまわねえ」

権十が目をひからせて言った。

「それがいいな」

堂本が言うと、宗五郎もうなずいた。

6

深川永代寺門前町。賑やかな表通りから路地へ半町ほど入った一角に、吉松屋《よしまつや》という老舗の料理屋があった。その店の二階の座敷に、五人の男の姿があった。小俣、源蔵、条次郎、松造、それに五十がらみの痩身の男である。

痩身の男が馬五郎だった。唐桟《とうざん》の羽織に細縞の小袖、渋い路考茶《ろこうちゃ》の角帯をしめていた。大店の主人のような身装《みなり》である。

馬五郎は面長で顎がとがり、糸のように細い目をしていた。燭台の火に照らされた唇が、血を含んでいるように赤かった。博奕打ちの親分のような荒っぽい雰囲気はないが、身辺に残忍で陰湿な感じがただよっている。

「松造、どうだい、堂本座の連中は、おとなしくなったかい」

馬五郎が訊いた。静かだが、女のような高いひびきのある声である。

「へい、これまで深川一帯に散っていやしたが、いまは、八幡さまの境内や表通りの道端にこせこせと集まってまさァ」

「どういうことだ」

「膏薬売りを殺ってから、やつら怖がって、深川じゃァひとりになれねえんでしょうよ」

松造が揶揄《やゆ》するように言った。

「それでも、深川に来てるのかい」

馬五郎が不機嫌そうな顔をした。

「やつら、おっつけ、深川からいなくなりまさァ。見世物によっちゃァ稼ぎにならねえし、仲間内で所場《しょば》を争うことになりやすからね」

「そうはならないな。やつらは、堂本の指図で動いてるんだ。やつらが、深川へ来ているってことは、堂本が、深川から手を引くつもりはねえ、と言ってるからなんだよ。うかうかしてると、むこうから何か手を打ってくるぞ」

馬五郎の口吻《こうふん》に、苛立ったようなひびきがくわわった。

「…………」

松造が口をとじた。顔からにやけた笑いが消えている。

「堂本は、すでにおれたちのことを気付いているはずだ。それでも、逆らうのはどうしてだか、分かるかい」

馬五郎が、四人の男に視線をまわしてつづけた。

「やつには、強い味方がいるからなんだよ。芸人たちなど虫けら同然だが、宗五郎と刀十郎はちがう」

そう言って、馬五郎は小俣に視線をむけた。目で、おまえさんは、どう見ていると問うたのだ。

「馬五郎の言うとおりだ。宗五郎と刀十郎は強いぞ。おまえらが、束になってもかなわんだろうな」

小俣は抑揚のない声で言って、手にした杯をゆっくりとかたむけた。

すると、これまで黙って飲んでいた粂次郎が、

「あっしらにも、いい手がありまさァ」

と、目をひからせて言った。

粂次郎も、馬五郎の片腕のひとりだが、源蔵の弟分だった。匕首を巧みに遣うことから、これまで殺し役を引き受けることが多かった。いまは、剣の遣い手である小俣の補佐として動いている。

「どんな手だ」

馬五郎が訊いた。

「強《つえ》え相手と、正面切ってやり合うこたァねえ。まず、ひとり人質に取って、手も足も出なくさせるんでさァ。そうしておいて、あっしと旦那とで宗五郎と刀十郎を片付けまさァ」

「越前屋と同じ手だな」

「へい」

「いい人質がいるのかい」

「あっしに、まかせてくだせえ」

条次郎はニヤリと笑い、どんな手なのか馬五郎たちに小声で話した。

「そいつはいいや。宗五郎と刀十郎を始末しちまえば、堂本も尻尾を巻いて逃げ出すだろうよ」

馬五郎の目が細くなり、口元に薄笑いが浮いた。

「ところで、源蔵、越前屋はどうだ」

馬五郎が声をあらためて訊いた。

「金はいつでも出しますぜ。庄左衛門も、言いなりでさァ。こっちは、いい玉をつかんでいやすからね」

源蔵が低い声で言った。

「そいつはいい。木元座《きもとざ》も、こっちの言いなりだし、堂本座の始末さえつけば、深川を足場にして浅草、両国にまで手をひろげられるな」

馬五郎が満足そうに言った。

木元座は、両国橋の東の橋詰に軽業の小屋を出している一座である。

両国橋をはさんで西と東に堂本座と木元座があり、客の入りを競っていたが、堂本座は小屋掛けの興行だけでなく、大道芸人や物貰い芸人たちも抱えていたので規模も実力もはるかに上だった。ただ、同じ芸人一座として、木元座の座頭の早吉《そうきち》は、堂本座に強い対抗心を抱いていた。その木元座に、馬五郎は手を出しているようである。

話が一段落したところで、馬五郎が、

「それじゃァ、いつものように」

と言って、おもむろに懐から袱紗《ふくさ》包みを取り出した。そして、脇に座している源蔵に、渡してくれ、と言って手渡した。

袱紗包みのなかには、切り餅《きりもち》がふたつ入っていた。切り餅ひとつで二十五両、ふたつで五十両である。

「親分からの手当てだ」

そう言って、源蔵は小俣の膝先に二十両、条次郎、松造、それに自分の膝先に十両ずつ分けた。小俣が別格なのは、馬五郎の子分ではないからだろう。

「もらっておく」

小俣はまったく表情を動かさず、膝先の金を手にして袂に落とした。

第四章　小雪の危機

1

小料理屋の戸口の掛け行灯に、福乃屋《ふくのや》と記されていた。小洒落た店で、戸口の格子戸の脇に徳利を手にぶらさげた狸《たぬき》の置物があった。出入りする客が狸の頭を撫でるらしく、黒光りしている。

深川黒江町。表通りからすこし入った掘割沿いに、福乃屋はあった。その店の斜向いの笹藪の陰に、権十がひとり立っていた。

権十は身を隠して、福乃屋に鶴造があらわれるのを待っていた。福乃屋は鶴造の情婦の店だったのである。

権十は職人の着るような黒い半纏と黒股引《くろももひき》という闇《やみ》に溶ける格好をし、茶の手ぬぐいで頬っかむりして顔を隠していた。歯力の権十であることを隠すためである。

暮れ六ツ（午後六時）の鐘が鳴ったばかりだった。まだ、西の空には残照がひろがっていて、通りを淡い陽の色がつつんでいた。雀色時《すずめいろどき》と呼ばれる頃である。

福乃屋からは、男の笑い声や瀬戸物の触れ合うような音などが聞こえてきた。数人の客がいるようである。

……鶴造はまだか。

権十は、店先に目をむけたままつぶやいた。

権十がこの場に立って店先を見張るようになって三日目である。もっとも、その場に居つづけているわけではない。陽が沈みかける七ツ（午後四時）過ぎに来て、一刻半（三時間）ほど、見張っているだけである。

時とともに空は藍《あい》色を帯び、かすかに星のまたたきが見えてきた。掘割沿いの通りも濃い暮色につつまれ、人影もすくなくなってきた。辺りはひっそりとして、掘割の流れが汀の石垣を洗う音が物悲しく聞こえてくる。

……今日も無駄骨かい。

そう思い、権十がその場から引き上げようとしたときだった。

通りの先に、男がひとりあらわれた。遠方ではっきりしなかったが、弁慶格子の小袖を裾高に尻っ端折りし、両脛をあらわにしていた。一見して、遊び人と分かる風体の男である。

……やつかもしれねえ。

権十はあらためて笹藪の陰に身を隠した。

男は肩を振るようにして近付いてくる。淡い夜陰のなかに、その顔がぼんやり見えてきた。歳の頃は、二十代半ばであろうか。面長で、細い目をしていた。頰に黒子はない。

……やつだな。

権十は、鶴造だろうと思った。

ここで福乃屋を見張るようになる前、権十は近所で福乃屋の女将や鶴造のことを聞き込んでいた。その結果、女将の名がおとよであること、情夫の鶴造が三日に一度ほど店に顔を出すことなどが分かった。

鶴造は面長でのっぺりした顔をし、目が細いという。また、松造は同じような顔をしていたが、右頰に黒子があるとのことだった。

男は福乃屋の前に足をとめると、辺りの様子を窺《うかが》うように通りの左右に目をやってから店に入っていった。

……今夜は、長丁場になりそうだ。

権十は、めしでも食って腹ごしらえをしてこようと思った。

鶴造は、しばらく出てこないだろう。鶴造は福乃屋に一杯やりに来たはずである。下手をすれば、情婦と夜を明かすかもしれない。いずれにしろ、鶴造が店から出てくるのを待って、跡を尾けるのである。

権十は笹藪の陰から出ると、近くにあるそば屋に小走りにむかった。一町ほど先に、小体なそば屋があるのを見ておいたのである。

半刻（一時間）ほどして、権十はその場にもどり、ふたたび笹藪の陰に身を隠した。すでに辺りは深い夜陰につつまれていた。ただ、十六夜《いざよい》の月が出ていたので、鶴造の姿は識別できるはずである。

静かだった。掘割の水面を渡ってきた風に、笹藪の笹がさわさわと揺れていた。闇のなかから細い虫の音が物悲しく聞こえてくる。

……出てきたぜ！

鶴造が、戸口に姿をあらわしたのは、権十がそば屋からもどって一刻（二時間）ほど過ぎたころだった。

鶴造は見送りに来た女将に身を寄せて、耳元で何やらささやいた。そして、下卑た笑い声を上げた。女将も笑いながら、嫌ですよ、そんな話、そう言って、鶴造の肩先をつついた。

鶴造が卑猥《ひわい》なことでも口にしたのかもしれない。

「また、来るぜ」

そう言い置いて、鶴造は店先から離れた。

鶴造は肩を振りながら、権十のひそんでいる笹藪の方に近付いてくる。酔っているらしく、足元がすこしふらついていた。

権十は鶴造をやり過ごし、その後ろ姿が半町ほど遠ざかってから通りへ出た。そして、鶴造の跡を尾け始めた。

尾行は楽だった。権十は闇に溶ける装束に身をつつんでいたので、鶴造が振り返っても見えないはずだった。それに、鶴造の弁慶格子の小袖が、月明りに浮かび上がったように見えたのである。

鶴造は掘割沿いの道を歩き、冨ケ岡八幡宮の門前通りを横切った。そして、八幡橋のたもとを経て、大島町へ入った。そこまで来ると通り沿いの町家もまばらで、洩れてくる灯もなく、夜陰がさらに深まったように感じられた。

鶴造は、掘割沿いの道に面した小体な仕舞屋へ入っていった。板塀でかこわれた妾宅《しょうたく》ふうの家である。

……まさか、ここに女をかこっているわけじゃァあるめえな。

権十は板塀のそばに来てなかの様子を窺った。

戸口からかすかに灯《ひ》の色が洩れている。なかにだれか別人がいるらしく、くぐもった話し声が聞こえてきた。男の声らしかったが、何を話しているのか、まったく聞き取れなかった。

権十は足音を忍ばせてその場を離れた。明日出直して、近所で仕舞屋の住人のことを訊いてみようと思ったのである。

翌日、権十はふたたび大島町へ足を運んだ。鶴造が入った家の近くに八百屋があり、店先に親爺がいたので袖の下を握らせ、仕舞屋の住人のことを訊いてみた。

「あの家には、男がふたり住んでいやす。双子の兄弟でさァ」

親爺が嫌悪の色を浮かべて言った。兄弟のことを嫌っているらしい。

「松造と鶴造か」

権十はふたりの名を出した。

「そうでさァ。石場の松鶴って呼ばれてるやくざ者でさァ。旦那も、やつらには近付かねえ方がいいですぜ。人殺しも平気でするって噂だ」

親爺は怖気をふるうように身震いしてみせた。

「気をつけるよ」

そう言い置いて、権十は八百屋を出た。それだけ聞けばじゅうぶんだったのである。

2

「鶴造か、松造か。どっちにしやす？」

権十が、刀十郎と宗五郎に目をむけて訊いた。

権十は大島町の仕舞屋が鶴造と松造の住処であることをつきとめると、首売り長屋にもどって宗五郎の家に立ち寄ったのである。

宗五郎は権十から事情を聞くと、初江に言って刀十郎を呼んで来させた。手荒なことは刀十郎にまかせようと思ったのである。

「弟の鶴造がいいだろう。小料理屋に行く途中、狙ってもいいしな」

宗五郎が言った。

「ところで、大島町の家は掘割のそばだそうだな」

刀十郎が念を押すように訊いた。

「家のすぐ前が、掘割でさァ」

「それなら、舟で行こう。両国の小屋の楽屋に連れ込めば、人目にもつかん」

刀十郎が言った。掘割をたどって大川へ出れば、堂本座の見世物小屋の裏まで来ることができる。陸路をまったく使わずに、捕らえた鶴造を小屋の楽屋まで連れて来られるのだ。

「そいつはいいや」

権十もすぐに賛成した。

「舟は頭が調達してくれるだろう。船頭は浅吉に頼もう。権十と刀十郎のふたりで行ってくれ」

宗五郎は、浅吉が金輪遣いになる前、船頭だったのを知っていたのである。

「で、旦那は？」

権十が宗五郎に目をむけて訊いた。

「わしは、歳だからな。舟は苦手だ。よろけて舟から落ちて、土左衛門にはなりたくないからな」

宗五郎がそう言うと、流し場にいた初江が洗い物をしながら、

「旦那も、歳の割には元気ですけどね」

と、つぶやくような声で言った。意味深な物言いである。

「ま、鶴造のことは、ふたりにまかせよう」

宗五郎が慌てて言った。顔がすこし赤くなっている。初江が口にしたのは、昨夜《ゆうべ》の閨《ねや》のことだったのかもしれない。

「ふたりで、じゅうぶんですよ」

刀十郎が笑みを浮かべて言った。宗五郎はまだ耄碌《もうろく》する歳ではないし、色事であれ何であれ盛んなことは結構なことなのだ。

その日、陽が西の家並の向こうに沈みかけてから、刀十郎と権十は堂本座の裏手にある桟橋から猪牙舟に乗り込んだ。

艫《とも》で櫓《ろ》を握った浅吉が、

「舟を出しやすぜ」

と声をかけ、舫《もや》い綱をはずした。

舟は水押《みお》しを川下に向け、大川の川面をすべるように下っていく。川面に夕日が映え、波の起伏が鴇色に染まって彼方の江戸湊《みなと》までつづいていた。客を乗せた猪牙舟、屋形舟、荷を積んだ艀などが淡い夕日を浴びて、ゆったりと行き来している。大川の夕暮れどきの光景である。

前方に永代橋が迫ってくると、浅吉は水押しを対岸の深川の方へむけた。そして、深川の岸近くに舟を寄せて永代橋をくぐった。

「この先の熊井町で、掘割に入りやすぜ」

浅吉は船頭をしていただけあって、江戸の河川や掘割にはくわしいようだ。浅吉は熊井町の家並を左手に見ながら舟を下流に進め、左手の掘割へ水押しをむけた。その掘割の左手が中島町である。

「権十の旦那、どの辺りです」

浅吉が櫓をあやつりながら訊いた。

「この先に、八幡橋があるな」

「へい、あれでさァ」

浅吉が顎をしゃくるようにして言った。

掘割の前方に八幡橋の橋梁が見えている。陽は沈んだが残照が西の空を染め、辺りはまだ明るかった。掘割沿いの店はまだあいていて、人通りもかなりあった。

「たしか、橋の二町ほど手前だったな」

権十が、首を伸ばして通り沿いに目をやりながら言った。

浅吉は舟の速度をゆるめ、岸沿いをゆっくりと進めた。

「あれだ！」

権十が船底から腰を上げて指差した。

指差した先に、板塀でかこわれた小体な妾宅ふうの家があった。そこが、鶴造と松造の塒らしい。

「どうしやす。舟をどこかに着けやすか」

浅吉が訊いた。

「この先に、船寄《ふなよせ》がある。ひとまず、そこへ着けてくれ」

権十は掘割沿いを歩いたとき、石垣を積んだちいさな船寄があるのを見ておいたのである。

「承知しやした」

浅吉は半町ほど先にあった船寄に舟を着けた。舫い杭《ぐい》に二艘《そう》の猪牙舟がつないであったが、近くに人影はなかった。船寄から狭い石段が掘割沿いの通りへつづいている。

「刀十郎の旦那は、ここにいてくれ。おれが、様子を見てくる」

そう言い残し、権十は舟から下りて石段を駆け上がった。

刀十郎と浅吉が舟に残ってしばらく待つと、権十がもどってきた。

「いるぜ」

権十が目をひからせて言った。

「ふたりか」

「まちげえねえ。家のなかで、ふたりの話し声が聞こえた」

「踏み込んでもいいが、しばらくの間、松造には知られたくないな」

いずれ分かるだろうが、堂本座の者が鶴造を連れ去ったことを松造に知られたくなかった。

「しばらく、待とう。鶴造が福乃屋に出かけるかもしれねえ」

権十によると、鶴造は福乃屋に行くおり船寄の前を通るという。

「いいだろう」

刀十郎は、今日鶴造を捕らえる機会がなければ、明日出直してもいいと思った。

3

刀十郎たち三人は、船寄の石垣の陰に腰を下ろしていた。通りから身を隠して、鶴造があらわれるのを待っていたのである。

刀十郎たちが、その場に身をひそめて半刻（一時間）ほど過ぎていた。辺りは淡い暮色につつまれ、通り沿いの表店も大戸をしめていた。人通りもめっきりすくなくなっている。ときおり、仕事を終えた出職の職人や船頭らしい男が通りかかるだけである。

「そろそろ来てもいいころだがな」

権十が立ち上がって通りに目をやった。

まだ、鶴造の姿は見えないらしく、権十は首をひねりながら腰を下ろした。

それからいっときしたとき、浅吉が立ち上がり、

「だれか来やすぜ」

と、声を殺して言った。

「やつだ！」

権十が立ち上がった。

見ると、遊び人ふうの男がこちらに歩いてくる。弁慶格子の小袖が暮色のなかに浮き上がったように見えた。

「おれは、前から」

権十がそう言って、懐から鉄手甲を取り出して腕に嵌めた。強力の主らしく、丸太のような太い腕である。

「おれは、後ろからだな」

刀十郎は、すばやく袴の股だちを取った。権十とふたりで、鶴造があらわれたら、どう襲うか決めてあったのである。

「行きやすぜ」

権十は道沿いの土手を身をかがめたまま走った。土手の雑草を踏み分ける音がしたが、まだ遠方にいる鶴造の耳にはとどかないだろう。

刀十郎は動かず、石垣の陰に身をかがめていた。通りからは見えないはずである。

鶴造が近付いてきた。ちゃらちゃらと雪駄の音が聞こえる。刀十郎は首を伸ばして、通りに目をやった。土手の雑草の先に、尻っ端折りした着物の裾からあらわになった両脛が、夕闇のなかに妙に白く浮き上がったように見えた。

刀十郎は鶴造をやり過ごすと、足音を忍ばせて石段を上がり、通りの端へ出た。見ると、鶴造の背が遠ざかっていく。

そのとき、鶴造の前方に人影が飛び出した。権十である。

「てめえは！」

鶴造が足をとめて叫んだ。権十のことを知っているようである。

「鶴造、待っていたぜ」

権十が歩を寄せながら、ニタリと笑った。大きな白い歯が、夕闇のなかにくっきりと見えた。

権十は鉄手甲を嵌めた右腕を顔の前に構え、腰を低くして間をつめてきた。鉄手甲が黒びかりしている。

「てめえ、ひとりか！」

鶴造は逃げなかった。権十がひとりと見て、戦う気になったようだ。

鶴造はふところに呑んでいた匕首を出して身構えた。鶴造は松造とともに、これまで匕首で何人も殺《あや》めてきた男である。身を低くして身構えた姿には、獰猛《どうもう》な野犬を思わせるような凄みがあった。

刀十郎は抜刀した。刀身を峰に返して八相に構えると、スルスルと鶴造の背後に近付いていった。

鶴造は前方から迫ってくる権十に気を奪われ、背後の刀十郎には気付かなかった。

「その頭、ぶち割ってやる！」

権十が吼《ほ》えるような声を上げ、踏み込みざま鉄手甲を嵌めた右手を振り上げた。権十は派手な動きをして、鶴造の目を自分に引きつけようとしたのである。

鶴造は、権十の迫力に押されて後じさった。刀十郎には、まだ気付いていない。

刀十郎は小走りになり、一気に鶴造の背後に迫った。

と、鶴造が振り返った。背後から迫る刀十郎の足音を耳にしたようである。

「と、刀十郎！」

鶴造の顔がひき攣った。

刀十郎は疾走した。八相に構えた刀身が夕闇を裂いて鶴造に迫っていく。

刀十郎の全身に斬撃の気配がはしった。咄嗟に、鶴造は刀十郎の斬撃をかわそうとして反転した。

「遅い！」

刀十郎が踏み込みざま、刀身を一閃させた。

閃光が弧を描いて、鶴造の胴を襲う。

ドスッ、というにぶい音がし、鶴造の上半身が前にかしいだ。刀十郎の一颯《いっさつ》が鶴造の腹に食い込んだ。峰打ちである。

グッ、という低い呻き声を上げ、鶴造は腹を左手で押さえてその場にうずくまった。顔が苦痛にゆがんでいる。

「こいつは、いらなかったな」

鶴造のそばに来た権十は、すばやく鉄手甲をはずした。

「騒がれては面倒だ。猿轡《さるぐつわ》をかませよう」

刀十郎は納刀すると、懐から手ぬぐいを出して鶴造に猿轡をかませた。

「鶴造、おれが舟まで連れてってやるぜ」

そう言うと、権十は鶴造の腕を後ろに取って立たせた。

鶴造は低い呻き声を上げ、苦痛に顔をゆがめた。顔が蒼ざめ、額に脂汗が浮いている。権十に腕を取られた鶴造は、その強力に体が浮き上がり、押されるままによろよろと歩いた。

鶴造を舟に乗せると、待っていた浅吉がすぐに櫓を取って舟を出した。

舟は掘割の水面をすべるように大川へとむかっていく。

辺りは夜陰に染まり、掘割沿いの町並は闇のなかに黒く沈んでいた。通りに人影はなく、静寂が辺りを支配している。舟の水押しが水面を切る音だけが、刀十郎たちの耳にひびいていた。

4

がらんとした客席は、深い闇につつまれていた。客席といっても、板敷の升席があるだけである。

そこは、堂本座の見世物小屋のなかだった。丸太を組んで小屋の骨組を造り、まわりを筵や菰《こも》でかこったものである。小屋のなかは客席と舞台、それに舞台の裏手に狭い楽屋と出し物に使う小道具などを置く場所があった。

いま、客席に五人の男の姿があった。燭台の灯に、男たちの顔がぼんやりと浮かび上がっている。刀十郎、権十、浅吉、捕らえた鶴造、それに堂本である。

鶴造は後ろ手に縛られていた。ここへ来る途中、元結が切れてざんばら髪になっていた。

顔を苦痛にしかめている。まだ、刀十郎に打たれた腹が痛むらしい。

すでに、四ツ（午後十時）を過ぎているだろう。静かだった。明るい内は喧騒の坩堝のような両国広小路に建っている堂本座の小屋も、いまは夜の静寂《しじま》につつまれている。

「いまなら、泣こうが叫ぼうが、だれにも聞こえないよ」

堂本が静かな声で言った。白髪が燭台の火に照らされて鴇色に染まり、鶴造を見すえた目が、熾火《おきび》のようにひかっている。皺の多い顔が夜叉《やしゃ》のように見え、かえって不気味である。

「刀十郎さん、権十さん、頼みますよ」

堂本が、ふたりに目をむけて言った。

「それじゃァ、まず、おれがかわいがってやろう」

そう言って、権十が脇にあった燭台を手にした。

燭台の炎が揺れ、横から照らしたひかりが権十の顔の陰影を乱した。ひらいた口からのぞいた大きな歯に炎が映じ、まるで人でも食ったように赤く染まっている。何とも、恐ろしい顔付きである。

権十の脇にいた刀十郎が、

「まず、訊く。茂平と寅吉を殺ったのは、おまえと松造だな」

と、切り出した。小俣でなければ、匕首を巧みに遣うという鶴造と松造の兄弟だろうと推測したのだ。

「し、知るけえ」

鶴造は吐き捨てるように言った。歯を剝き、細い目をつり上げている。乱れた髪のせいもあって、鶴造の顔には狂気を感じさせる悽愴さがあった。

「磯次を斬ったのは小俣か」

刀十郎は、さらに訊いた。

一瞬、鶴造の顔に驚きの色が浮いた。小俣の名まで知っているとは、思わなかったのだろう。

「おれは、何もしゃべらねえよ」

鶴造が顎を突き出すようにしてうそぶいた。話す気は、まったくないようである。

「そのようだな。仕方がない。権十、頼む」

刀十郎が権十に言った。

「へい、いくら夜更けでも、でけえ声でわめかれても困るからな」

そう言うと、権十は懐から手ぬぐいを取り出し、鶴造に猿轡をかませた。

「鶴造、しゃべりたくなったらうなずきな。狂い死にする前《めえ》にな」

権十は袂から百目蠟燭《ひゃくめろうそく》を取り出し、そばにあった燭台の火で点《とも》した。

権十の手にした蠟燭の炎が、鶴造の鼻先に差し出され、その顔を闇のなかにくっきりと浮かび上がらせた。猿轡をかまされた鶴造は恐怖に目を剝いて、炎を見つめている。

「浅吉、こいつの肩を押さえ付けてくれ」

権十が言うと、すぐに浅吉が両手で鶴造の肩をつかんで押さえ付けた。

「鶴造、焦熱地獄だぜ」

権十は炎を上げている蠟燭を鶴造の胸元に近付けた。

鶴造は上体を引いて、炎から身を離そうとした。顔が恐怖にひき攣っている。

だが、権十が蠟燭を鶴造に近付けたのは炎で肌を焼くためではなかった。溶けた蠟を、首筋から胸元に垂らすためだったのである。

権十が手にした蠟燭を斜めにすると、溶けた蠟がタラタラと流れ落ちた。

鶴造は猿轡の間から絶叫を洩らし、目尻が裂けるほど目を見開いて凄《すさ》まじい勢いで頭を振った。ざんばら髪が激しく振りまわされ、バサバサと音を立てた。

「どうだい、しゃべる気になったかい」

権十が蠟燭を離して訊いた。

鶴造は、恐怖に顔をゆがめたまま首を横に振った。

「そうかい、もう少し熱くしねえと、その気にはなれねえか」

権十は、浅吉に鶴造の上半身を出すように指示した。

浅吉は鶴造の小袖の襟元をつかんでひろげて下ろし、胸と背中を露出させた。

「狂い死にするかもしれねえぜ」

そう言って、権十は鶴造の胸まわりだけでなく、背中にも蠟を流した。

肌の焼ける異臭がした。鶴造は激しく身をよじり、狂乱したようにざんばら髪をふりまわした。

「鶴造、焼け死ぬぜ」

権十がそう言ったとき、鶴造は身をのけ反らした後、がっくりと首を前に落とした。うなずいたようである。

「端からしゃべりゃァ、鬼のような真似をしねえで済んだのによ」

権十が、浅吉、猿轡を取ってやれ、と声をかけた。

猿轡をはずされた鶴造は、首を前に垂れたままハア、ハア、と荒い息を吐いた。ざんばら髪で、顔が土気色をし、脂汗が浮いている。凄まじい形相である。

「もう一度訊く。おまえたち兄弟が、茂平と寅吉を殺ったんだな」

刀十郎があらためて訊いた。

「そ、そうだ」

鶴造は頭を垂れたまま答えた。

「磯次は？」

「小俣の旦那だよ」

「何のために、茂平たちを殺した」

「も、茂平は、堂本座へ見せつけるためだ。寅吉と磯次は、おれたちのことを嗅ぎまわっていたから消したのよ。……ざまァねえや」

鶴造が顔を上げて言った。

刀十郎を見上げた目に、憎悪と挑むようなひかりが宿っていた。拷問の激痛に耐えかねて口を割った敗者の打ちのめされた顔ではなかった。まだ、刀十郎たちに対する闘争心を残しているようである。

「おまえたちの頭は、馬五郎だな」

そのとき、脇から堂本が訊いた。

「そ、そうよ。親分は怖《こえ》えぜ。……お、おめえたちが、でかい顔をしていられるのも、いまのうちだけだ」

鶴造が声を顫わせて言った。刀十郎を睨んだ目が、燃えるようにひかっている。

「どういうことだ」

刀十郎は、馬五郎たちが何か仕掛けようとしていることを察知した。

「ちかいうちに、てめえら、ひとりひとり地獄に送ってやるってことよ」

鶴造がうそぶくように言った。

「何をたくらんでいる」

刀十郎が訊いた。

「おれを殺っても、小俣の旦那と松造兄イが、てめえらをひとり残らず始末するってことだよ」

鶴造の口元に勝ち誇ったような笑いが浮いた。

「うむ……」

刀十郎は、それだけではないような気がした。

「それで、馬五郎の塒はどこだい」

堂本が訊いた。

「知らねえな。親分は、おれたちにも塒は知らせねえのよ」

「ならば、小俣は」

刀十郎が鶴造を見すえて訊いた。

「半月ほど前《めえ》まで、賭場を塒にしていたが、いまはいねえ」

「いまは、どこにいる」

「知らねえ。おおかた、情婦《いろ》のところにでも、もぐり込んでるんじゃァねえのか」

鶴造が嘲《あざけ》るように言った。どうやら差し障りのないことだけを口にしたようだ。

「てめえ、また蠟燭で炙《あぶ》られてえのか」

権十が手にした蠟燭を鶴造の鼻先につきつけた。

「知らねえものは、何をされても、しゃべりようがねえ」

鶴造がつっかかるように言った。

「ところで、越前屋だが、おまえさんたちは何をしたんだい」

堂本が声をあらためて訊いた。

「何もしねえよ。あずかってるだけよ」

「何をあずかってるんだ」

「倅《せがれ》だよ。里之助《りのすけ》ってやつでな。若《わけ》えのに、賭場なんぞに顔を出すから悪いのよ。大負けして金が払えなくなったから、あずかってるだけだ」

鶴造が鼻先で嘲笑うように言った。

「そういうことか」

どうやら、庄左衛門の倅を人質に取ったようである。庄左衛門にすれば、馬五郎の言いなりになるしか手がなかったのだろう。

それからは、鶴造は何を訊いてもまともに答えなかった。権十が、もう一度蠟燭を使って拷問したが、結局、刀十郎たちがこれまでつかんでいたことをはっきりさせただけで、肝心なことはしゃべらなかった。

その夜、刀十郎たちは、鶴造を縛り上げたまま楽屋の長持の陰にころがしておいた。

翌日の夜、鶴造をふたたび拷訊《ごうじん》しようとして行ってみると、鶴造は死んでいた。鶴造は、長持の陰に置いてあった竹竿のとがった先で喉を突いたのである。竹竿は舞台で使うものだが、先が割れて使えなくなったので、その場に置いてあったのだ。鶴造は両腕を縛られていたため、股の間に竹竿を挟み、喉を突き刺したらしい。鶴造は拷問で口を割るより、自らの死を選んだようだ。それに、吐いたことが仲間に知れれば、殺される恐れもあったのだろう。

「茂平と寅吉の敵を討つつもりでしたから、いずれ、こうなったんです」

堂本がくぐもった声で言った。

「死骸《おろく》は、どうしやす？」

権十が訊いた。

「浅吉にでも頼んで、大川に沈めてやりましょう」

「そうだな」

刀十郎も、松造や馬五郎たちに気付かれないように死体を始末した方がいいと思った。

5

「今日も、晴れそうだな」

刀十郎は、手桶と柄杓を手にしたまま上空に目をやった。雲はなく、澄んだ秋の空がひろがっている。

こんな日は、盆栽にもたっぷり水をやらねばならない。刀十郎は一鉢一鉢の土の渇き具合や樹勢を見ながら、根元に水をかけてやった。

「変なひとねえ、盆栽なんて」

小雪が口元に笑みを浮かべながら言った。

「そうかな。こんなちいさな木でも、日に日に表情を変えていく。可愛いもんだ」

「ねえ、あたしとどっちが可愛い」

小雪が悪戯《いたずら》っぽい目をして、刀十郎を上目遣いに見た。

刀十郎は柄杓の手をとめて、小雪に目をやった。

「そうだな。どちらが可愛いか、小雪にも水をくれてみるかな」

刀十郎が柄杓で水をかける真似をすると、

「いやよ。あたしは、盆栽じゃァないんだから」

小雪が慌てて飛び退いた。

「それじゃァ、くらべられないな」

刀十郎は、笑いながら柄杓の水を盆栽にかけてやった。

小雪は、いっとき刀十郎の脇に立って水やりを眺めていたが、

「今日は、深川へ行きますか」

と、声をあらためて訊いた。

このところ、刀十郎と小雪は、首売りの見世物を富ケ岡八幡宮の門前の広場でやっていたのだ。もっとも、鶴造を捕らえに行ったり、堂本座の小屋へ出かけたりで、見世物は休みがちであった。

「行こう」

刀十郎が、柄杓で水をやりながら言った。

とりあえず、今日はあいていたのだ。鶴造が堂本座の小屋で自害した翌日、刀十郎たちは松造を捕らえるために、大島町の仕舞屋へ出かけた。ところが、松造の姿はなく、もぬけの殻だった。松造は、鶴造が家に帰らなかったことで、刀十郎たちに捕らえられたことを察知

して姿を隠したにちがいない。

松造に逃げられたため、刀十郎たちは、また深川へ出かけて馬五郎や小俣などの塒をつきとめねばならなくなったのだ。

「それなら、もう行かないと」

小雪が言った。

「今日は、浅吉が舟で深川へ行くそうなので、いっしょに乗せてもらおう」

浅吉も深川で仕事をしていた。仕事といっても、浅吉は金輪を使った大道芸を観せて集まった客から銭をもらっていたのである。

刀十郎や浅吉の他にも、深川へ出かける者が何人かいた。権十、為蔵、にゃご松などである。深川で銭を稼ぎながら、馬五郎や小俣などの動きや隠れ家などを探るためである。探るといっても特別なことをするわけではなかった。それとなく、集まった客の噂話を聞いたり話しかけたりして、情報を集めるのである。

刀十郎と小雪は、堂本座の後ろにある桟橋から浅吉の漕ぐ舟に乗った。舟にはにゃご松の姿もあった。にゃご松は猫の目かずらをかぶっていなかった。顔の日焼けしたところに、水白粉《おしろい》をすこしだけつけて目かずらの痕を消していた。長屋は芸人たちが多く住んでいるので、顔料や白粉などはすぐに手に入るのである。

にゃご松は黒い法衣に網代笠《あじろがさ》をかぶり、手に鮑の殻ではなく鉄鉢を持っていた。どこから見ても、雲水である。

このところ、にゃご松は人目を引く猫の目かずらを取って、本物の雲水の格好をして深川一帯をめぐっていたのだ。稼ぎにはならなかったが、馬五郎一家の者に気付かれずに、噂話を聞くことができるからである。

舟は大川を横切り、深川の岸へ近付くと仙台堀へ入った。浅吉は仙台堀から掘割をたどり、冨ケ岡八幡宮に近い山本町にある桟橋に舟を着けた。

「帰りはどうしやす」

浅吉が舫い杭に繋ぎながら、刀十郎に訊いた。

「帰りも頼みたいな。陽が沈んだら、ここへ来よう」

刀十郎たちは、首売りの見世物に使う小道具を持っていた。それに、小雪は朱の肩衣に紫地の単袴という目立つ格好である。できれば、人通りの多い町筋を使わずに、舟で帰りたかったのだ。

「あっしは、托鉢をしながら帰《けえ》りやす」

にゃご松が言った。舟を使わず、歩いて帰るということらしい。

「分かりやした」

浅吉が舟から下りてきた。浅吉も、籠を背負っていた。金輪を使った見世物のための小道具が入っているらしい。

「ここは敵地だ。油断するなよ」

そう言って、刀十郎は小雪とともに桟橋を離れた。

冨ケ岡八幡宮の表門の前の突き当たりが掘割になっていた。表門から掘割までの間が広場になっていて、茶屋、料理屋、貸席などが軒を連ねている。参詣客や遊山客などが行き交い、大変な賑わいを見せていた。ただ、両国広小路の雑踏とくらべれば静かで、物売りや大道芸人などの姿もあまり見かけなかった。

刀十郎と小雪は、表門の突き当たりの掘割のそばに獄門台を組み立て、その上にはりぼての首を並べた。行き来する客が立ち止まり、派手な姿の小雪や奇妙な台を目にとめて、ひとりふたりと集まってきた。そして、台に並べられた物が晒し首であることが分かると、だれもが好奇と恐怖の色を浮かべた。

「さァ、さァ、首だよ！　生首だよ！……ちかくに寄って、御覧なさいな。獄門台の晒し首だよ」

小雪が声を張り上げた。

通りすがりの者たちが、小雪の声を耳にし、さらに集まってきた。いっときすると、獄門台のまわりには幾重にも人垣ができた。

刀十郎は、いつものように獄門台の真ん中の穴から首だけ出している。

「さァ、お客さん、よォく、見ておくれ、この真ん中の首を。はりぼてなんかじゃァないよ」

小雪がそう言ったとき、刀十郎がギョロリと目を剝き、黒目を動かした。

すると、集まった客たちの間から、悲鳴が起こり、人垣が大きく揺れた。本物の生首が目をひらいたと思ったのである。

人垣がざわめき、驚きの声や笑い声のなかに、両国で見たぞ！　首売り屋だ！　などと声を上げる者もいた。刀十郎たちのことを知っているのであろう。

「お客さん、この生きている生首が、なんと百文だ。斬るなり、突くなり、勝手だよ。ここにある刀、槍、木刀、なんでも好きな武器《えもの》を遣っておくれ」

小雪がいつものように声を張り上げた。

6

刀十郎と小雪の見世物は、一刻（二時間）ほどつづいた。稼ぎは両国広小路とそれほど変わらなかった。何人かの客が銭を払い、刀槍や木刀を遣って刀十郎に挑んだが、いずれも台をたたいたり、空を突いたりしただけだった。

集まった客も、まばらになってきた。初めは奇異な感じがするが、しばらく経つと慣れてきて、興味が薄れてくるのだ。

「さァ、さァ、次はどなた。腕に覚えのある方は、いませんか。この生首、斬るなり、突くなり勝手だよ」

小雪が声を張り上げたが、見物客のなかから進み出る者はいなかった。

……そろそろ潮時かな。

刀十郎は、獄門台から首を突き出したまま胸の内でつぶやいた。こんなときは、いっとき休憩して、新たに客を集めた方がいいのである。

「おれが、やろう」

そのとき、人垣の後ろから声がかかった。

その声で人垣が割れた。ゆっくりとした足取りで、牢人体の男がひとり姿をあらわした。納戸《なんど》色の小袖に同色の袴。黒鞘の大刀を一本落とし差しにしている。

男の後ろに数人の遊び人ふうの男がいた。ニヤニヤしながら、刀十郎と脇に立っている小雪に目をやっている。

　牢人は獄門台に近付いてきた。腰が据わり、歩く姿にも隙がない。

　……こやつ、小俣か！

　刀十郎が胸の内で叫んだ。

　面長で鼻梁が高い。細い目に切っ先のような鋭いひかりがあった。秋元が話していた風貌である。小俣にまちがいない、と刀十郎は思った。

　小俣の背後の遊び人ふうの男たちは、馬五郎の子分ではあるまいか。刀十郎を取りかこんで斬るために、ここに来たのかもしれない。

　……小俣は、鱗返しを遣うだろう。

　そう思ったとき、刀十郎の全身に鳥肌が立った。だが、怯えたわけではない。剣客が強敵と対峙したときの武者震いである。

「お侍さま、百文ですよ。籠の武器《えもの》を遣うなら、三十文」

　小雪の顔がこわばっていた。小雪は小俣のことを知らなかったが、牢人に異様な雰囲気を感じ取ったのである。それに、小俣の背後から近寄ってきた五人の男も不気味だった。いずれも、一癖ありそうな男たちで、ニヤニヤしながら小雪に目をむけている。

「分かっておる」

小俣は懐から財布を取り出すと、つりはいらぬ、と言って、一朱銀を小雪に手渡した。

「お侍さま、何を遣いますか」

小雪が籠の武器に目をやって訊いた。

「おれは、これを遣う」

小俣は腰の刀の柄に右手を添え、グイと獄門台の刀十郎の首に近付いた。

小雪は不安そうな顔で、獄門台の脇に身を引いた。小雪にも、牢人が遣い手であることが分かったのである。

刀十郎は獄門台から首を突き出して、小俣の動きを見つめている。

小俣はゆっくりとした動作で抜刀し、青眼に構えた。切っ先がピタリと刀十郎の目線につけられている。どっしりと腰の据わった構えで、剣尖にはそのまま目を突いてくるような威圧があった。

……鱗返しなら、初太刀は袈裟にくるはずだが。

袈裟にはこないだろう、と刀十郎は読んだ。

鱗返しの神髄は、初太刀の袈裟から刀身を返し、二の太刀を水平に払う連続技にある。その連続技が神速で、刀身が返った瞬間、魚鱗のようにひかることから鱗返しと呼ばれているのだ。

ところが、こうした台から首だけ出している相手に、二の太刀はふるえないのだ。初太刀をかわすために、首をひっ込められたら、いかに神速の二の太刀でも空を切ることになるからである。

……初太刀から、水平に払ってくる。

と、刀十郎は踏んだ。

その神速の太刀をかわせるかどうかが勝負である。

「まいるぞ！」

小俣が、一足一刀の間境に踏み込んできた。

全身に気勢が満ち、痺れるような剣気が放たれている。

刀十郎は気を鎮めて、小俣を見つめていた。恐らく、牢人の体の動きを見てから反応したのでは間に合わないだろう。斬撃の起こりを読むのである。

フッ、と小俣の剣尖が沈んだ。

刹那、小俣の全身に斬撃の気がはしった。次の瞬間、小俣の手元で刀身がキラッとひかった。鱗返しだ！

瞬間、刀十郎が獄門台から首をひっ込め、小俣の刀身が頭上をかすめて空を切った。

間一髪、台から首をひっ込めた刀十郎の耳に、キャッ！　という小雪の悲鳴が飛び込んできた。

小俣が獄門台の刀十郎に斬り込むのを見た五人の男が、いっせいに小雪のまわりに駆け寄ってきたのだ。

小雪は悲鳴を上げて、後じさった。

「女、動くな！」

剽悍そうな男が、小雪の胸元に匕首を突きつけた。条次郎だった。むろん、小雪は条次郎の名も顔も知らなかった。

さらに、別のふたりが左右に立ち、小雪の両腕をつかんだ。

「な、何をするのです！」

小雪は目をつり上げて叫んだ。咄嗟の出来事で、小雪は逃げ出せなかったのだ。

「連れていけ！」

条次郎が声を上げた。

左右の男が小雪の腕をつかみ体を持ち上げて駆けだした。他のひとりが前に立ち、どけ！と叫びながら、集まっていた観客たちを押し退けた。五人の男たちは、小雪を取りかこむようにして人垣を突き抜け、掘割の岸へ走った。

岸には猪牙舟がとめてあり、手ぬぐいで頬っかむりした男が棹《さお》を手にしていた。この男が松造だった。初めから小雪を連れ去るつもりで舟を用意したのである。

一方、獄門台の前に立った小俣は八相に構えていた。刀十郎が首を出した瞬間をとらえて、斬り払おうとしていたのだ。

刀十郎は、小雪の悲鳴を聞いたが、台から首をすぐに出せなかった。小俣が首を出すのを待っている、と察知したからである。

刀十郎は、こんなときのために用意してあった台の下の刀をつかむと、腰をかがめたまま後じさった。そして、斬撃の間から離れて立ち上がった。

それを見た小俣は、

「刀十郎、勝負はあずけた！」

と言い残し、反転した。

見ると、小雪を連れた男たちが、掘割の岸に寄せた舟に乗り込もうとしていた。そこへ、小俣も走っていく。

「小雪！」

刀十郎は刀をつかんだまま飛び出した。

集まった客たちは、目の前で起こった異変を見ているだけだった。

刀十郎は、どけ！　と叫び、人垣を掻《か》き分けて掘割へ走った。

だが、間に合わなかった。刀十郎が掘割の岸まで駆け寄ったとき、小雪や小俣を乗せた舟は岸からかなり離れていた。

「刀十郎さま！」

小雪の助けを呼ぶ声が、辺りにひびいた。

刀十郎は掘割の左右に目をやった。どこかに、船頭の乗った舟はないか。が、一艘の舟も見当たらなかった。舟がなければ、どうにも手の打ちようがない。

……狙いは小雪だったのか！

刀十郎は、初めから小俣たちが小雪を連れ去る気で来たことに気付いたが、後の祭りである。刀十郎はその場につっ立って、遠ざかっていく小雪の乗せられた舟を見送るしかなかった。

7

「舅どの、わたしの油断です」

刀十郎は絞り出すような声で言って、頭を垂れた。血の気の失せた顔が、苦悶にゆがんでいる。

深川から帰った刀十郎はすぐに宗五郎の家へ行き、一部始終を話したのである。

「卑怯《ひきょう》なやつらだ」

宗五郎はそうつぶやいたきり、虚空を睨むように見すえていた。双眸が底びかりしている。いかめしい顔がこわばり、土気色を帯びていた。宗五郎が胸の内でいかに小雪の身を案じているか、その顔にあらわれていた。

「こ、小雪ちゃん、殺されるようなことはないだろうね」

初江が声を震わせて言った。初江の顔も蒼ざめている。子供のいない初江は、小雪のことを自分の娘のように思っていたのだ。

「殺すようなことはない」

ぼそり、と宗五郎が言った。

「その気があるなら、大勢で来て連れ去ったりはしないはずだ。その場で、小雪を殺していたろう」

「それじゃァ、どうして、小雪ちゃんを連れてったのさ」

初江が訊いた。

「人質だな。馬五郎から、何か言ってくるはずだ」

「…………」

刀十郎も、そう思っていた。馬五郎は小雪を人質にとって、堂本座に何か要求してくるはずである。


刀十郎と宗五郎の予想は当たった。小雪が連れ去られた翌日、首売り長屋にふたりの男が顔を見せた。松造と大柄な伊之助《いのすけ》という男だった。伊之助は馬五郎の子分で、小雪を連れ去るとき粂次郎たちといっしょにいた男である。

戸口に立った松造は、宗五郎に血走った目をむけながら、

「島田の旦那、ちょいとお話が」

と、低い声で言った。

「おまえの名は」

「松造といいやす。旦那たちに殺られた双子の片割れでさァ」

松造の声が震えていた。怯えや恐れではなく、胸に衝き上げてくる憤怒を抑えているのだ。

松造は、鶴造が堂本座の手で殺され、死体を始末されたとみていたのである。

「おまえか、松造というのは」

宗五郎は、ふたりの男が小雪のことで来たことを察知した。

「へい。小雪ってえ、女のことでしてね」

「やはり、おまえたちか。それで、小雪はどこにいる」

宗五郎の声も、震えを帯びていた。宗五郎も平静ではいられなかったのだ。たったひとりの娘の命を、この男たちに握られているのである。

「あっしらは、おめえたちのように、すぐに殺らねえよ」

松造が、口元に薄笑いを浮かべたが、すぐに表情を消した。

「で、用件は」

宗五郎が感情を抑えて訊いた。

「明日、暮れ六ツ（午後六時）ごろ、繁田屋に来てくだせえ」

繁田屋は、五郎蔵と名乗った源蔵と会った店である。

「わし、ひとりか」

「いや、旦那と堂本、それに刀十郎を連れてきてもかまわねえ」

「断ったら」

「旦那には断れねえ。小雪って女を殺されてもいいなら別だがな」

そう言って、松造はまた薄笑いを浮かべた。

「分かった。行こう。……それにしても、ふたりだけで、ここに乗り込んで来るとはいい度胸だな」

「そんなこたァねえ。旦那が、あっしらに手を出せねえことは分かっていやすからね」

「小雪を人質に取ってあるからか」

「そうでさァ。……旦那、あっしは可愛い弟を殺られてやしてね。あの小雪って女を見てると、なぶり殺しにして大川へでも流しちめえてえと思うんでさァ。旦那たちの出ようによっちゃァ、すぐにでもやりやすぜ」

　松造が宗五郎を睨みすえて言った。その双眸には、ただの脅しとは思えない狂気と残忍さを感じさせる異様なひかりが宿っていた。

「…………！」

　宗五郎は口をつぐんだ。胸の内で、この男を刺激すると、小雪に手を出しかねない、と感じたのである。

「待ってやすぜ」

　そう言い残し、松造は伊之助を連れて首売り長屋を出ていった。

　宗五郎はすぐに刀十郎の家へむかった。ともかく、小雪が馬五郎たちの人質になっていることを知らせようと思ったのである。

宗五郎から話を聞いた刀十郎は、

「やはり、馬五郎たちか」

と言って、虚空を射るような目で睨んだ。

刀十郎の顔を、苦悶の翳がおおっていた。いくぶん憔悴しているようにも見える。おそらく、昨夜は一睡もできなかったにちがいない。

「いずれにしろ、小雪は生きている。何とか、助け出す算段をせねばな」

宗五郎が言った。

「はい」

どんなことをしても、小雪を助け出そう、と刀十郎は強く思った。

8

翌日、刀十郎、宗五郎、堂本の三人は、暮れ六ツ前に繁田屋の暖簾をくぐった。戸口に出迎えた女将は三人の顔を見るなり、

「五郎蔵さんたちが、二階でお待ちですよ」

と言って、三人を二階の桔梗の間に案内した。源蔵は、繁田屋ではまだ五郎蔵と名乗って

いるようである。

階段を上がったところで、堂本が女将に、

「五郎蔵さんたちは、何人かな」

と、訊いた。

「四人で、お待ちですよ」

「ところで、お武家さまも、いっしょですかな」

「いや、お武家さまはいません。みなさん、五郎蔵さんのお得意先の方とか」

女将が、堂本を振り返りながら言った。どうやら、小俣は来ていないようである。

障子をあけると、四人の男が座していた。いずれも町人で、源蔵と松造、他のふたりは刀十郎の知らない男だった。

ひとりは、商家の旦那ふうの男だった。五十がらみ、痩身である。面長で、糸のように細い目をしていた。馬五郎である。もうひとりは条次郎だった。

「おお、これは、これは。……堂本さん、それに島田さまに刀十郎さま、よくお見えになられた」

源蔵がとってつけたような愛想笑いを浮かべて、並べてある三人分の座布団に座るよううながした。

馬五郎も、おだやかそうな笑みを浮かべて、堂本たちに会釈した。松造と粂次郎はけわしい顔をして、堂本たち三人を見すえている。

馬五郎が堂本たち三人が腰を下ろしたのを見て、

「女将さん、酒と肴を頼みますよ」

と、物静かな声で言った。

「はい」

と答えて、女将はすぐに座敷を後にした。

いっとき待つと、女将と女中が酒肴の膳を運んできて、対座した七人の膝先に並べた。

「堂本さん、深川の馬五郎でございます。お近付きのしるしに、まずは、一献」

馬五郎が、まるで商売の得意先をもてなすような物言いをして、銚子を取った。何ともふてぶてしい男である。

「恐れ入れます」

堂本も負けてはいなかった。おだやかな微笑を浮かべたまま、杯で酒を受けた。ただ、馬五郎と堂本の静かな物言いのなかには、相手の胸の内を探るようなひびきがあった。

男たちが、いっとき酒で喉をうるおした後、

「馬五郎、話というのは、なんだ」

と、宗五郎が切り出した。可愛いひとり娘を人質に取られているだけに、宗五郎には相手の腹の内を探り合うような余裕はなかった。刀十郎も、宗五郎と同じだった。酒には手をつけず、こわばった顔で馬五郎を睨みつけている。

「そうですな。まず、深川から手を引いてもらいましょうかね」

そう言って、馬五郎は杯の酒をうまそうに飲み干した後、

「どうです、堂本さん」

と、寂《さび》のある声で訊いた。

「仕方ないでしょうな」

堂本は、この要求を読んでいたらしく、すぐに承知した。

「さすが、堂本さん、分かりが早い」

「深川から手を引けば、小雪を帰してもらえるんだな」

脇から宗五郎が口をはさんだ。

「ご冗談でしょう。深川は、わたしのお膝元ですよ。そこから出ていくなど、あたりまえのことですよ。……深川の次は、浅草ですな」

馬五郎の声に、恫喝するようなひびきがくわわった。いよいよ本性をあらわしてきたようである。

「うむ……」

堂本はすぐに返事をしなかった。視線を膝先に落としている。かすかに、苦渋の翳《かげ》が顔をおおっていた。

刀十郎と宗五郎は、苦悶に顔をゆがめたまま黙していた。小雪の命は何としても守りたいが、深川と浅草から手を引けば、首売り長屋と講釈長屋の多くの者たちが、生きていけなくなるのである。

「どうです、堂本さん」

馬五郎が返事をうながした。

「仕方ありませんな」

堂本が肩を落として小声で言った。小雪を見殺しにすることはできなかったようだ。

「いやァ、堂本さんは肚が大きい。これで、あの女は殺されずにすみましたよ。わたしどもも、殺生なことは嫌いでしてね」

馬五郎が、細い目をさらに細めて満足そうに言った。

「それで、いつ、小雪さんを帰してもらえますかな」

堂本が訊いた。

「まァ、しばらく様子を見てからですな。はたして、堂本座のみなさんが、深川と浅草から手を引いたかどうか、見極めてからということになります」

「小雪に、手を出すようなことはあるまいな」

刀十郎が強い口調で言った。

「むろんです。そんなことをしたら、堂本座のみなさんが黙ってはいますまい。あたしらも、島田さまや刀十郎さまは、怖いですからな」

そう言って、馬五郎は宗五郎と刀十郎に目をむけた。

刀十郎と宗五郎は、口をとじたまま虚空を睨みすえている。

それからいっときして話が一段落すると、堂本は腰を上げた。とても、馬五郎たちと飲む気にはなれなかったのである。

「堂本さん、しばらくの間、両国の小屋だけはつづけてもいいですよ」

馬五郎が、立ち上がった堂本を見上げながら言った。

「なに……」

馬五郎は、堂本に見世物小屋だけは認めるが、大道芸や物貰い芸人などは両国からも締め出す、と言ったのである。しかも、見世物小屋もしばらくの間だけだと釘を刺したのだ。

「何もかもいっぺんに取り上げてしまうと、後が怖いからね」

馬五郎が薄笑いを浮かべて言った。

「…………！」

堂本の顔から血の気が引いた。

だが、堂本は虚空を睨んだまま己の感情を抑え、

「馬五郎さん、堂本は堂本座をあまく見てるようですな」

と言い置いて、座敷から出ていった。

繁田屋の戸口から出るとすぐに、刀十郎が、

「頭、小雪のためにも、もうしわけない。ですが、馬五郎の言いなりになったら、長屋の者たちは飢え死にします」

すると、苦悶に顔をしかめて言った。

と、宗五郎も、

「やつは、両国からも、一座の者を締め出す気でいるのだ」

と、憎悪の色を浮かべて言い添えた。

「このままにはしませんよ。馬五郎との戦いは、これからです」

堂本は夜陰に目をむけてつぶやいた。その双眸が、切っ先のようにひかっている。

第五章　堂本座

1

六ツ半（午前七時）ごろであろうか。家並の屋根から顔を出した朝陽が、長屋の戸口の腰高障子を照らしていた。その朝陽を背に浴びて、宗五郎の家の戸口に五人の男が立っていた。刀十郎、にゃご松、浅吉、安次郎、それに為蔵である。

五人の男の身装《みなり》は、いつもとちがっていた。刀十郎は虚無僧の姿で、天蓋《てんがい》と尺八を手にしていた。にゃご松は雲水の格好である。浅吉と安次郎は、襤褸《ぼろ》を着て竹籠を背負っていた。紙屑《かみくず》買いの格好である。為蔵は手ぬぐいで頬っかむりし、両側に古傘をくりつけた天秤を担いでいた。古傘買いに化けたのである。

障子があいて、宗五郎と初江が顔を出した。

「舅どの、これから深川へ出かけます」

刀十郎が言った。

「くれぐれも、堂本座の者と知れぬようにな」

宗五郎がけわしい顔で言った。脇に立っている初江も心配そうな顔をしている。

「承知しています」

刀十郎が言うと、にゃご松たち四人もうなずいた。

五人はこれから深川へ出かけ、町筋を歩きながら、小雪が監禁されている場所や馬五郎の住処などを探すのである。

繁田屋で、刀十郎、宗五郎、堂本の三人が馬五郎たちと会った後、堂本は首売り長屋と講釈長屋に住む大道芸人や物貰い芸人たちに、深川と浅草に出かけることを禁じた。

芸人たちの多くは困惑し、これからの暮らしに強い不安を覚えたが、堂本が、

「しばらくの間、辛抱するしかないのだ。稼ぎはすくなくなるだろうが、下谷や日本橋でやってみてくれ。その間、店賃《たなちん》はもらわないし、銭に困ったらわしが都合してもいい」

そう言って説得したので、芸人たちは納得した。それに芸人たちにも、攫《さら》われた小雪を助けるためだ、と分かっていたのである。

ただ、堂本は馬五郎の言いなりになっていたわけではなかった。ひそかに深川へ出かけて、小雪の監禁場所をつきとめ、助け出すための手を打っていたのだ。

それが、長屋の住人を物売りや虚無僧、雲水などに変装させて深川へ潜入させることであ

った。

「芸人でなければ、深川へ行ってもかまわないはずだ」

堂本が長屋の重立った者を集めて言った。物売りや商売人なら、馬五郎との約束を破ったことにはならないのだ。

堂本の意を受けて、宗五郎と彦斎もすぐに動いた。首売り長屋と講釈長屋の男たちを集め、二十人ほどを何組かに分けて、深川一帯に散らせることにしたのだ。

これが、堂本座の底力だった。長屋の住人たちの結束は、窮地に立たされるほど強まり、仲間を助けるために労力を厭《いと》わなかったのだ。それに、芸人たちは商売がら様々な職業の者に変装して町々を歩くことにも抵抗がなかった。

「では、行ってきます」

刀十郎は、にゃご松たちと長屋を出た。

長屋を出た刀十郎たちは両国橋を渡り、大川端を歩いて永代橋のたもとまで来た。

「ここで分かれよう」

刀十郎が、路傍に足をとめて言った。

ここから先は、五人がばらばらになって聞き込むのである。

「へい、陽が沈んだら長屋へ帰りやす」

にゃご松が言った。ふだんは、こうしたとき剽《ひょう》げたことを口にするのだが、いまは真面目である。浅吉たちも、けわしい顔でうなずいた。敵地に侵入する緊張感があるらしい。

「無理をするなよ」

そう言って、刀十郎は天蓋をかぶって顔を隠した。

刀十郎はにゃご松たちと分かれると、冨ケ岡八幡宮の門前通りへ足をむけた。そして、一ノ鳥居のそばまで行って小間物屋を探した。小間物屋の脇の路地を入った先に、馬五郎の賭場があると、市助から聞いていたからだ。

刀十郎は、まず賭場に出入りする馬五郎の子分を尾けて、馬五郎の住処をつかもうと思った。その後、馬五郎か源蔵の跡を尾ければ、小雪が監禁された場所もつきとめられるはずである。

……あの小間物屋だな。

通り沿いに小洒落た小間物屋があり、店先に数人の町娘がたかっていた。櫛《くし》や簪《かんざし》を見ているらしい。その小間物屋の脇に路地があった。

刀十郎は路地をたどった。二町ほど歩くと、突き当たりに板塀をめぐらせた仕舞屋があった。

……ここだな。

刀十郎は市助から、賭場は板塀をめぐらせた仕舞屋だと聞いていたのだ。それとなく、板塀の脇を通ってみた。仕舞屋から、物音も話し声も聞こえてこなかった。戸口の戸もしまったままである。

まだ、昼前だったので、賭場はひらいていないのだろう。刀十郎は、どうしたものか迷った。物陰に身を隠して、子分らしい男があらわれるのを待つにしても、長時間見張らなければならない。

刀十郎は、出直そうと思った。どこかで腹ごしらえをし、陽が西の空にかたむいてから、見張るのである。

刀十郎は門前通りへもどり、別の路地を歩いて小体なそば屋を見つけた。人目を引かないように、表通りから離れた店に入ったのである。

八ツ（午後二時）ごろ、刀十郎は仕舞屋のある路地にもどり、近くの空き地の笹藪の陰に身を隠した。

小半刻（三十分）ほどすると、遊び人ふうの男、職人、商家の旦那ふうの男などが、ひとりふたりと、辺りに気を配りながら路地をたどって仕舞屋に入っていった。

刀十郎のひそんでいる場所から仕舞屋まで、半町ほど離れていたので、家のなかの物音も話し声も聞こえなかったが、賭場であることはまちがいないようだ。

陽が西の家並の向こうに沈みかけると、刀十郎はその場を離れた。今日のところは、これまでにしようと思ったのだ。陽が沈んだら長屋に帰る、とにゃご松たちに話してあったし、虚無僧の白衣は陽が沈むと人目を引き、張り込みや尾行には都合が悪かったのである。

翌日午後になってから、刀十郎は深編み笠で顔を隠し、牢人体の格好で深川へ足を運んだ。にゃご松たちとは、別行動をとったのである。

刀十郎が笹藪の陰に隠れて、一刻（二時間）ほど過ぎた。陽は家並の先に沈み、西の空には残照がひろがっていた。辺りは淡い暮色に染まり、笹藪のなかから虫の音が喧《やかま》しいほどに聞こえてきた。

そのとき、仕舞屋の戸口に人影があらわれ、笑い声が起こった。三人。遠方ではっきりしないが、ひとりは黒羽織に小袖姿の商家の旦那ふうの男だった。他のふたりは、縞柄の着物の裾を尻っ端折りした遊び人ふうの男である。

……源蔵だ！

羽織の男の大柄な体軀に見覚えがあった。繁田屋で顔を合わせた源蔵である。

三人は戸口から離れて、刀十郎がひそんでいる笹藪の方に歩いてきた。淡い暮色のなかに、三人の顔がはっきりと見えた。

……松造もいる。

遊び人ふうの男のひとりが、松造だった。もうひとりは、若い男である。刀十郎は初めて見る顔だったが。おそらく馬五郎の子分のひとりだろう。

刀十郎は源蔵たちをやり過ごし、半町ほど離れてから路地へ出た。そして、物陰に身を隠しながら、三人の跡を尾け始めた。

源蔵たちは門前通りへ出ると、八幡宮の方へむかった。すでに、通りは濃い暮色につつまれていたが、遊山客や参詣客などで賑わっていた。通り沿いには料理屋、料理茶屋、遊廓などが軒を連ね、提灯《ちょうちん》や雪洞《ぼんぼり》の灯が華やかに通りを染め、嬌声、酔客の哄笑《こうしょう》、手拍子、三味線の音などが、さんざめくように聞こえてくる。

源蔵たちは永代寺門前仲町へ入っていっとき歩くと、左手の路地へ入った。

刀十郎は走った。ここで、三人を見失いたくなかったのである。路地の角まで来て目をやると、ちょうど源蔵たちが料理屋らしい店に入るところだった。

刀十郎は三人が店に入ったのを見てから路地に入り、店の前を通ってみた。老舗の料理屋らしい二階建ての落ち着いた雰囲気の店だった。戸口の掛行灯に吉松屋と記してあった。すでに客がいるらしく、二階のいくつもの座敷から談笑や酒器の触れるような音などが聞こえてきた。

刀十郎は二階の座敷を見上げながら。

……今日のところは、これまでだな。

と、胸の内でつぶやいた。

まさか、店に踏み込んで話を訊くわけにはいかなかった。小雪の身を守るためにも、馬五郎たちに知られないように慎重に探らねばならなかったのだ。


刀十郎が表通りにむかって歩きだしたとき、吉松屋の戸口の脇から、男がひとり通りへ出た。格子縞の小袖を着流した遊び人ふうの男である。男の名は平助《へいすけ》。馬五郎の手下のひとりで、ふだんは吉松屋の若い衆として雑用をしていた。

平助は、ぶらぶら刀十郎の後ろを歩いていく。いかにも、遊び人が鴨《かも》でも探しているような歩き方だが、目は油断なく刀十郎の背にむけられていた。刀十郎を尾けていたのである。

刀十郎は平助が尾行していることに気付かず、富ケ岡八幡宮の門前通りに出ると、大川端へむかって歩いた。大川端沿いを川上にむかい、そのまま茅町の首売り長屋まで帰るつもりだった。

平助は、刀十郎を両国橋のたもとまで尾けてきた。そして、刀十郎が両国橋を渡り始めると、

「なんでえ、長屋に帰《けえ》るのかい」

とつぶやいてきびすを返し、深川へもどっていった。

2

「刀十郎の旦那、吉松屋が馬五郎の塒かもしれやせんぜ」

浅吉が目をひからせて言った。

刀十郎は源蔵の跡を尾けた翌朝、浅吉、にゃご松、安次郎、為蔵の四人と長屋で顔を合わせ、昨日の尾行のことを話したのだ。

「浅吉も、何かつかんだのか」

刀十郎が、浅吉に訊いた。

「あっしは、蛤町《はまぐりちよう》をまわって聞き込んだんでさァ。博奕好きらしい船頭が、馬五郎のことを知ってやしてね。そいつが、馬五郎の情婦《いろ》は料理屋の女将をしているらしいと話してくれたんでさァ」

蛤町は永代寺門前町の近くである。

「吉松屋の女将が、馬五郎の情婦《いろ》というわけか」

「へい」

「うむ……」

だが、馬五郎が吉松屋を住処にしているとは思えなかった。そうであれば、噂が流れて馬五郎の所在はもうすこし早くつかめていたはずである。それに、吉松屋に小雪を監禁するのは無理だろう。

「ともかく、今日は吉松屋の界隈にしぼって聞き込んでみよう」

刀十郎が言った。

「あっしらも、行きやすよ」

にゃご松が言うと、他の三人もうなずいた。

「だが、油断するなよ。吉松屋界隈には、馬五郎一家の目がひかっているはずだからな」

下手に嗅ぎまわると、馬五郎たちに気付かれる恐れがあるのだ。

「へまは、しやせんぜ」

浅吉が、にゃご松たち三人に目をやりながら言うと、三人はけわしい顔でうなずいた。

刀十郎たち五人は、これまでのように身を変えて長屋を出た。そして、永代橋のたもとを過ぎたところで分かれた。

刀十郎は永代寺門前町へ着くと、吉松屋のある路地から一町ほど離れた別の路地に入った。迂闊《うかつ》に近付いて、馬五郎一家に気付かれたら元も子もないのだ。刀十郎は路地を歩きながら、吉松屋のことを知っていそうな酒屋や酒器を扱う瀬戸物屋などに立ち寄って話を訊いてみた。

半日、足を棒にして歩いた結果、吉松屋の女将はおもんという名で、馬五郎の情婦《いろ》であることが分かった。ときおり、馬五郎も店に顔を出すそうである。ただ、刀十郎の睨んだとおり、吉松屋は馬五郎の住処ではないようだった。それらしい男が住んでいる様子はないということ。


陽が沈むと、刀十郎は永代寺門前町を出て首売り長屋にもどった。宗五郎の家に立ち寄り、初江が淹れてくれた茶を飲んでいると、にゃご松たち四人が顔を出した。訊いてみると、四人は永代橋近くで待ち合わせて長屋にもどったそうである。

「初江、にゃご松たちに茶を淹れてくれ」

宗五郎が初江に声をかけた。

「はいはい、ただいま」

初江は、すぐに流し場に立った。

「何か知れたか」

刀十郎が切り出した。

「へい、だいぶ様子が知れてきやした。馬五郎の塒は、吉松屋の裏手にあるようですぜ」

にゃご松が言った。

「裏手だと！」

思わず、刀十郎が声を上げた。馬五郎の住処が、つかめないでいたのだ。

「へい、吉松屋の裏手に離れがありやして、馬五郎はそこに住んでいるらしいんで」

にゃご松が、四人で探ったんでさァ、と前置きして話しだした。

吉松屋の主人は島右衛門《しまえもん》という男だったが、博奕好きで馬五郎の賭場へ出入りするうち負けが込んで、馬五郎から金を借りるようになったという。しだいに借金は膨らみ、結局返せなくなって、吉松屋を形《かた》に取られてしまった。

吉松屋を手に入れた馬五郎は、情婦のおもんを吉松屋の女将にし、自分は裏手の離れに住むようになったそうである。

「その離れというのは、ひろいのか」

小雪はそこに監禁されているのではないか、と刀十郎は思ったのだ。

「かなりひろいそうですぜ。……島右衛門が隠居するおり、裏手が空き地だったのを幸い、そこを買い取って離れを建てたそうでさァ」

「その離れに、客も入れるのか」

離れに客も出入りするなら、監禁場所ではないだろう。

「いえ、客は近付けないそうで」

「そこだな」

小雪は離れに監禁されているにちがいない、と刀十郎は察知した。

それにしても、にゃご松たち四人は、よく探り出したものである。刀十郎より、はるかにくわしい情報を聞き込んできたのだ。

そのとき、初江が、

「お茶が、はいりましたよ」

と言って、上がり框に腰を下ろしているにゃご松たちの脇に、茶を入れた湯飲みを置いた。

刀十郎は、にゃご松たちが茶で喉をうるおすのを待ってから、

「ところで、源蔵と小俣だが、どこにいるか知れたか」

と、訊いた。なかでも、小俣の居所が気になっていたのだ。

「それが、かいもく分からねえんでさァ」

浅吉が答えた。

浅吉によると、源蔵や小俣らしい牢人も、ときおり吉松屋に顔を出すらしいが、塒は分からないという。

「源蔵や小俣も、離れを塒にしているかもしれやせんぜ」

と、にゃご松が言い添えた。

「いずれにしろ、もうすこし吉松屋を洗ってみよう。離れに小雪が監禁されているかどうか、はっきりさせたいからな」

小雪が離れに監禁されているというのは、刀十郎の推測に過ぎなかった。ともかく、小雪の監禁場所がはっきりしないことには、手の打ちようがないのだ。

そのとき、黙って聞いていた宗五郎が口をはさんだ。

「馬五郎の塒は吉松屋のようだが、用心しろよ。おそらく、子分たちの目もひかっているだろう」

「油断はしません」

ここで馬五郎たちに堂本座の動きが知れたら、小雪の命があやうくなるのである。

3

刀十郎たちが宗五郎の家で話していたころ、吉松屋の二階の隅の座敷に六人の男が集まっていた。馬五郎、源蔵、松造、小俣、条次郎、それに伊之助《いのすけ》である。

六人の男の膝先には、酒肴の膳が並べられていた。すでに、馬五郎たちは酒を酌み交わしたらしく、顔の赤らんでいる者もいた。

「ところで、源蔵、浅草の方はうまくいっているのかね」

馬五郎は機嫌がいいらしく、目を細めて訊いた。

「へい、堂本座の息のかかった芸人たちは、浅草寺界隈から姿を消しやした」

堂本は馬五郎との約束どおり、富ケ岡八幡宮と浅草寺から大道芸人や物貰い芸人たちを引き上げさせたのである。

「それで、所場《しょば》はどうなった」

馬五郎が訊いた。

「そいつらが使っていた所場は、別の芸人や物売りに割り振りやした」

「所場代は？」

「親分の指図どおり、儲けによって出させやすが、初めからふんだくると、逆らうやつが出るかもしれねえんで、しばらくは、すくなめに取るつもりなんでさァ」

「それがいい」

「ところで、親分、木元座はどうなりやした」

源蔵が銚子を手にして、馬五郎の杯につぎながら訊いた。

「座頭の早吉が、すっかり乗り気になっていてな、とりあえず、浅草に小屋を掛けたいと言ってたよ」

馬五郎によると、早吉は堂本座への対抗意識がことのほか強く、浅草や深川に小屋を出すことに意欲を燃やしているそうである。むろん、利益の何割かは馬五郎の懐に入ることになる。

「うまくいきやすかね」

「なに、不入りでも、こっちは痛くも痒《かゆ》くもないんだ。それに、木元座がだめなら別の一座を連れてくればいいことだよ」

そう言って、馬五郎は目を細めて盃をかたむけた。

「小屋掛けにかかる金は、越前屋に出させるんですかい」

「金だけじゃないよ。小屋掛けの丸太も、越前屋持ちだ。おれが木元座の金主だが、その金は丸々越前屋から出るってえ寸法だよ。それで、里之助をあずかっているんだからな」

「里之助は金蔓《かねづる》ってわけで」

「まァ、そうだ」

馬五郎の口元に、薄笑いが浮いている。

そのとき、馬五郎と源蔵のやり取りを聞いていた松造が、

「親分、ちょいと気になることがありやして」

と、小声で言った。顔がけわしくなっている。

「なんだい？」

「賭場の客同士で話しているのを小耳に挟んだんですがね。八幡さま界隈で、親分や吉松屋のことを訊きまわってるやつが、いるようなんでさァ」

「ほう、そいつはだれだい」

「だれだか分からねえが、どうもひとりじゃァねえようなんで。……あっしは、堂本座のやつらが、動いてるんじゃァねえかとみていやす」

　松造が、集まった男たちを見まわしながら言った。

「そうかい」

　馬五郎は特別驚いた様子はなかった。

「端から、堂本がおれの言いなりになって、おとなしくしているとは思っちゃァいないよ。やつには、島田宗五郎と刀十郎がついているからな」

　馬五郎が言った。

「そのうち、やつらは離れに小雪を監禁してることをつかみやすぜ」

「つかむだろうな」

「どうしやす」

「いずれにしろ、島田と刀十郎を始末しなけりゃァ、けりはつかないね。小雪という女は、島田と刀十郎を始末する囮《おとり》でもあるんだよ」

　馬五郎がそう言うと、粂次郎が、

「こっちも、網を張って待ってるのさ」

そう言って、蛇《くちなわ》のような細い目で、チラリと小俣に目をやった。

「まず、刀十郎を斬るつもりだ」

小俣が盃を手にしたまま、ぼそりと言った。

するると、粂次郎が、

「ころあいを見て、刀十郎の次に島田を殺るつもりでさァ。……あっしと小俣の旦那で、ひとりひとり片付けていく算段を立てていやす」

そう言って、膳の上の銚子を手にして小俣の盃に酒をついだ。

「まァ、そういうわけだ」

馬五郎も、満足そうに盃をかたむけた。

それから男たちはいっとき雑談をつづけたが、伊之助が、

「ちょいと、小俣の旦那の耳に入れておきたいことがありやして」

と、うかぬ顔をして言った。

「なんだ、伊之助」

小俣が、伊之助に顔をむけた。

「へい、実は、三日ほど前、妙な侍が小俣の旦那のことを訊いてやしたんで」

伊之助によると、弟分の栄助《えいすけ》が門前通りを歩いていると、羽織袴姿の武士に呼びとめられ、小俣のことを訊かれたという。

「その侍は、おれの名を出したのか」

小俣が訝《いぶか》しそうな顔をした。

「侍は、小俣の旦那の名を口にしたそうでさァ」

「それで、何を訊いたのだ」

「旦那の居所だそうで。……栄助は、知らねえと言って突っ撥ねたそうですがね」

「そいつは、おそらく、彦江藩の者だな」

小俣の顔に、警戒の色が浮いた。

「旦那、心当たりがあるんですかい」

馬五郎が口をはさんだ。

「ああ、おれを追って、国許から江戸へ出てきたのだろう。おれを討つためにな。その男は、堂本座とかかわりはないはずだ」

小俣の口調に揶揄するようなひびきがくわわった。

「旦那、そいつも始末しちまいやすか」

　条次郎が訊いた。

「なに、いずれおれが始末をつける。刀十郎と島田を斬ってからな」

　そう言って、小俣は虚空に目をとめた。その双眸に、猛禽のようなひかりが宿っている。剣客らしい凄みのある面貌《おもて》である。

4

　障子が淡い青磁色にひかっていた。月光が射しているらしい。その障子の向こうから、蟋《こお》蟀《ろぎ》の鳴き声が物寂しく聞こえてくる。

　夜四ツ（午後十時）ごろであろうか。静かである。家のなかは物音も話し声も聞こえず、夜の静寂《しじま》につつまれていた。

　小雪は吉松屋の離れの奥まった座敷にいた。しごきで手足をしばられ、座敷に横になっている。ただ、いつもその格好で閉じ込められていたわけではない。深夜以外は隣の部屋に見張り役がいることもあって、足のしごきは解かれ、厠《かわや》も隣の部屋に声をかければ、行かせてくれた。

小俣や松造たちに捕らえられて、七日経っていた。小雪は、ずっとこの座敷に監禁されていたのである。

隣の部屋にも、だれか監禁されているようだった。里之助という男かもしれない。何度か見張り役の男が、里之助という名を口にしたのが耳にとどいたのだ。

里之助という男は、ときおり見張り役の男に、店に帰してくれ、おとっつァんにすまない、などと、泣き声で訴えていた。小雪は知らなかったが、監禁されているのは越前屋の倅の里之助であった。

その里之助も眠ったらしく、奥の座敷からは何の物音も聞こえてこなかった。

小雪は目が冴《さ》えてなかなか眠れなかった。切なさと不安が胸をしめつけてくる。

……刀十郎さま。刀十郎さま……。

小雪は、何度となく胸の内でつぶやいた。

目をとじると、刀十郎との出来事が次々に胸に浮かんできた。道場で出会ったときのこと、初めて情を通じ合ったときのこと、両国広小路で首売りの見世物を始めたときのこと……。

そうしたことが、鮮明に脳裏に浮かんできた。それと同時に、いま刀十郎の顔を見ることもできない捕らわれの身であることを思い、切なさと不安が胸に込み上げてくるのだ。

……刀十郎さまに、逢《あ》いたい。

小雪の喉から細い嗚咽が洩れ、目から溢《あふ》れた涙が頬をつたった。ただ、小雪の不安や怯えは、それほど強くなかった。小雪の胸には、

……きっと、刀十郎さまと父上が助けに来てくれる。

との思いが、あったのだ。

小雪は、刀十郎と宗五郎が剣の遣い手であることを知っていた。ふたりは、かならず自分を守ってくれるはずである。小雪はふたりのことを思うと、親鳥の暖かさにつつまれている雛鳥《ひなどり》のような安堵《あんど》感を覚えるのだ。

うつらうつらしたのだろうか。気が付くと、障子が朝の乳白色の淡いひかりを映していた。奥の座敷の里之助も目覚めているらしく、溜め息や洟《はなみず》をすすり上げるような音が聞こえてきた。

その朝、刀十郎は宗五郎の家で、初江が支度した朝餉を宗五郎とともに食べた。小雪が捕らえられてから、初江は、

「どうせ、作るのは二人分も三人分も変わらないから、いっしょに食べようよ」

そう言って、刀十郎の分も用意してくれたのだ。

朝餉を終えると、刀十郎は、

「かならず、小雪の監禁場所をつかんできます」

と宗五郎に言って、刀をつかんで立ち上がった。その顔がこわばっていた。いくぶん憔悴しているようにも見える。刀十郎は小雪が捕らえられてから、眠れない夜がつづいていたのである。

「刀十郎」

宗五郎が声をかけた。

「油断するなよ。馬五郎は一筋縄ではいかぬ男だ。すでに、堂本座が小雪の探索に動いていることは、承知しているかもしれん」

宗五郎は、馬五郎が堂本座の動きを手をこまねいて見ているとは思えなかったのである。

「心得ています」

刀十郎は、そう言い残して戸口から出ていった。

宗五郎は、足早に路地木戸の方へ歩いていく刀十郎の背を見ながら、

……あやうい。

と、感じた。刀十郎は小雪が人質になっていることで、平静さを失っていると見たのである。

「初江、出かけてくるぞ」

宗五郎は、流し場で洗い物をしている初江に声をかけた。

「おまえさん、どこへ行くんだい」

初江が振り返って怪訝《けげん》そうな顔をした。いつになく、宗五郎の声に強いひびきがあったからである。

「なに、長屋をぶらぶらとな」

そう言い置いて、宗五郎は戸口を離れた。

向かった先は、にゃご松の家である。

宗五郎は、これから深川へ出かけるにゃご松に、

「頼みがある」

と、切り出した。

「馬五郎が次に狙うのは、刀十郎ではないかとみておるのだ」

宗五郎は、真剣な顔をして話をつづけた。

「馬五郎たちが何か仕掛けるとすれば、深川からの帰りであろう。永代橋のたもと辺りで、刀十郎がもどるのを待って、いっしょに帰ってくれんか」

刀十郎を襲うとすれば、小俣が中心になるはずである。小俣が賑やかな富ケ岡八幡宮界隈や門前通りで挑んでくるとは思えなかった。とすれば、襲うのは永代橋から両国橋までの間

の大川端である。

「承知しやした。浅吉や安次郎たちにも言っておきやしょう」

「頼む」

宗五郎は、何かあったら、わしに知らせてくれ、と言い添えて、にゃご松の家の戸口から離れた。

宗五郎は、そのままの足で長屋の路地木戸から表通りへ出た。通りの左右に目をやり、長屋を見張っている者がいないか確かめたのである。

……それらしい男は、いないようだ。

長屋の前の路地に、不審な人影はなかった。いつもの朝と同じように表店は店開きし、通りをぼてふりや出職の職人、道具箱をかついだ大工などが行き交っている。通りを笊《ざる》を手にした娘がひとり歩いていた。

宗五郎は娘に目をやりながら、

……小雪は無事であろうか。

と、思った。人質に取られている以上、殺されることはあるまいが、やくざ者たちのなかに監禁されているので、手籠《てご》めにされる恐れがあったのだ。小雪は凌辱《りようじよく》されるようなことにでもなれば、生きてはいないだろう。大道芸人ではあるが、心は武士の娘だった。宗五郎が武士の娘として育てたからである。

……小雪、刀十郎とわしとでかならず助けてやるぞ。

宗五郎は、脳裏に浮かんだ小雪に声をかけた。

5

刀十郎は、陽が西の空へまわるころまで聞き込んだ。吉松屋に近い門前通りの表店に立ち寄ったり、通りすがりの遊び人ふうの男を呼びとめて訊いたりしたが、吉松屋の裏手の離れのことまで知っている者はいなかった。

……埒が明かぬな。

と、刀十郎は思った。かといって、夜陰にまぎれて離れに忍び込むのは無謀だと思った。下手に動くと小雪を殺される恐れがあるのだ。

刀十郎は、馬五郎の賭場に出入りしている者に訊くのが手っ取り早いのではないかと思った。ただ、刀十郎が離れを探っていることを馬五郎に知られるわけにはいかなかったので、子分から直接話を聞くことはできない。

……賭場の客をつかまえるしかないな。

そう思い、刀十郎は門前通りを大川の方へ足をむけた。賭場を見張って、話を訊けそうな男をつかまえるのである。

刀十郎が門前通りを歩いているとき、半町ほど後ろを格子縞の小袖を着流した遊び人ふうの男が歩いていた。平助である。平助は、行き交う人々の間をぶらぶら歩きながら、刀十郎の跡を尾けていく。

刀十郎は平助に気付いていなかった。おそらく、振り返って平助の姿を目にしても、不審を抱かなかっただろう。平助は往来の人の流れのなかにうまく溶け込んでいたのだ。

刀十郎は小間物屋の脇の路地へ入った。そして、以前身をひそめた空き地の笹藪の陰に身を隠して、賭場である仕舞屋の戸口に目をむけた。

一方、平助は刀十郎から半町ほど離れた板塀の陰に身を隠していた。そこから、刀十郎を窺っていたのである。

……賭場を見張っているようだ。

平助は、すぐに気付いた。

平助は逡巡した。粂次郎と小俣に、刀十郎がひとりで人気のない通りへ出るようだったら、知らせろ、と指示されていた。粂次郎と小俣とで、刀十郎を襲うつもりなのだ。

いま、刀十郎は人気のない寂しい場所にいた。それも、笹藪の陰から動かないのである。刀十郎を襲う絶好の機会だと思ったのだ。

平助は、吉松屋に走ろう、と思い、板塀の陰から出ようとしたとき、ふいに足がとまった。路地の先から話し声が聞こえ、男がふたり、刀十郎のひそんでいる笹藪の方へ歩いてくるのが見えたのだ。

大工であろうか。黒の丼(腹掛けの前隠し)に半纏、股引姿だった。賭場の帰りらしかった。いい目が出たのか、ふたりは笑い声を上げながら、笹藪に近付いてくる。

と、刀十郎が笹藪の陰から路地へ出てきて、大工らしいふたりの男の前に立った。ふたりは、ギョッとしたように足をとめた。

平助は、ふたたび板塀の陰に身を隠した。様子を見ることにしたのである。

「な、何でえ!」

前に立ちふさがった刀十郎を見て、大工らしい男のひとりが、声を震わせて訊いた。大柄で毛虫のような眉をした男である。

もうひとりは痩せぎすの男で、顔をこわばらせて刀十郎を見つめている。賭場帰りの男を狙った辻斬りか、追剝ぎとでも思ったようだ。

「いや、驚かせてすまん。ちと、訊きたいことがあってな」

刀十郎は人のよさそうな笑みを浮かべて、ふたりに近付いた。

「立ちどまって話すほどのことではないのだ。歩きながらで、結構」

そう言って、刀十郎はゆっくりと歩きだした。

「お、お侍さま、訊きてえことって何です」

毛虫眉の男が刀十郎の後をついてきながら、恐る恐る訊いた。辻斬りや追剝ぎの類ではないと思ったらしいが、まだ警戒している。

「あの賭場は、馬五郎が貸し元だったな」

刀十郎は、世間話でもするような口調になった。

「へえ、まァ……」

毛虫眉の男も痩せぎすの男も、まだ怯えたような顔をしていた。

「おれは、あの賭場で用心棒をしていた小俣という男と知り合いでな。ふたりは、小俣を知っているか」

「へい、前《めえ》に、賭場で見かけたことがありやす」

毛虫眉の男の顔が、いくぶんなごんでいる。刀十郎が訊きたいのは、小俣のことらしいと察したからであろう。

「ちかごろは、賭場にいないのか」

「見かけませんよ」

瘦せぎすの男が言った。顔が平静になっている。刀十郎を、危害をくわえるような男ではないとみたようだ。

「どうかな、馬五郎は腕の立つ用心棒を探していないかな」

刀十郎はふたりの男に、賭場の用心棒になりたい下心から話しかけたと思わせようとしたのだ。

「そんな話は、ねえなあ」

毛虫眉の男が、口元に笑いを浮かべた。

「ふたりは、馬五郎の情婦《いろ》が吉松屋という料理屋の女将をしているのを知っているか」

刀十郎が、急に声をひそめて言った。

「知ってますぜ」

毛虫眉の男も刀十郎に合わせて小声になった。うまく、刀十郎の話に乗ってきたようである。

「あの店の裏手に離れがあることは？」

「それも知っていやす」

「ところで、その離れに、馬五郎はいるのか」

「くわしいことは知らねえが、馬五郎親分は、そこにいたことがあると聞いたことがありやすよ。離れといってもひろい家で、間口が四間もあるそうでさァ」

　痩せぎすの男が、大工らしい物言いをした。

「いまはいないのか」

「へい、山本町の掘割沿いに小綺麗な仕舞屋がありやしてね。馬五郎親分の塒は、そこだと聞いたことがありやすが、はっきりしたことは分からねえ」

「そうか」

　馬五郎は、その仕舞屋にいる、とみていいようだ。探せば、つきとめられるだろう。

「なかなかくわしいな」

　ふたりとも、馬五郎のことをよく知っていた。おそらく、賭場の常連なのだろう。

「賭場にいりゃァ、いろいろ耳に入ってきやすからね。ところで、旦那もやるんですかい」

　毛虫眉の男が上目遣いに刀十郎を見ながら、壺《つぼ》を振る真似をした。

「まァな、あまり勝ったことはないがな」

　刀十郎は、曖昧《あいまい》な物言いをした。博奕を打ったことはなかったのだ。

「どういうわけか、今日は、あっしらふたりともいい目が出やしてね。ふたりで、二両でさァ」

毛虫眉の男が、目尻を下げて言った。どうやら、そのことが話したくて、刀十郎に付き合っているらしい。

「そいつは、すごい。腕がいいんだな」

刀十郎はおだててやった。

「ちょいと、付きがまわってきただけでさァ」

毛虫眉の男と痩せぎすの男は、顔を見合わせてニンマリした。

「ところで、吉松屋の離れだがな。いまは、賭場にでも使っているのか」

刀十郎は、小雪の監禁場所が知りたかったのだ。

「そこは、賭場じゃァねえ」

毛虫眉の男が、笑いを消して急に声を落とした。

「空き家のままか」

「でけえ声じゃァ言えねえが、賭場で負けが込んだ若《わけ》えやつを、そこに閉じ込めてるって噂ですぜ」

「なんで、そんなことをするんだ」

「親が大店のあるじなんでさァ。親から、金をふんだくろうって魂胆ですよ」

「若いやつな……」

その男が越前屋の倅ではないか、と刀十郎は思った。越前屋も小雪と同じように倅を人質に取られ、やむなく馬五郎の言いなりになっているようなのだ。

「男ではなく、若い女じゃァないのか」

刀十郎は、そこに小雪も監禁されているのではないか、と思った。

そのとき、痩せぎすの男が、脇から口をはさんだ。

「そういやァ、女も閉じ込められているようですぜ」

思わず、刀十郎の声が大きくなった。

「女も閉じ込められているのか」

「へ、へい」

痩せぎすの男によると、中盆と馬五郎親分が話しているのを耳にしたという。なお、中盆は賭場の宰領役である。

……小雪も離れにいる！

と、刀十郎は確信した。

「旦那、やけに色々訊きやすね」

毛虫眉の男が不審そうな顔をした。

「用心棒になるには、馬五郎のことを知っておらんとな。だが、あきらめるか。馬五郎に、その気はないようだからな」

刀十郎はそう言い置いて、ふたりの男から離れた。刀十郎たちは賑やかな門前通りまで来ていたし、それ以上訊くことはなかったのである。

平助は刀十郎の跡を尾けていた。門前通りは、淡い夕闇につつまれていたが、参詣客や遊山客などで賑わっていた。

刀十郎は平助には気付かず、門前通りを大川端へむかって足早に歩いていく。暗くなる前に長屋へ帰りたいと思っていたのだ。

平助は刀十郎が大川端へむかうのを確かめると、踵を返して走りだした。刀十郎がこのまま茅町の首売り長屋に帰るのは間違いないとみたのである。刀十郎を襲う絶好の機会だった。このことを、吉松屋の離れにいる小俣と粂次郎に知らせるのである。

6

大川端は暮色に染まっていた。汀の石垣を打つ流れの音が妙に大きく聞こえてくる。

日中は猪牙舟や屋形船、荷を積んだ艀などが盛んに行き交っているのだが、いまは船影はほとんどなく、ときおり猪牙舟がひっそりと通っていくだけである。

川面は黒ずみ、無数の波の起伏を連ねながら江戸湊まで広漠とつづき、彼方の水平線で群青色の夜空とまじわっている。

刀十郎は足早に大川端を川上にむかって歩いた。永代橋のたもとを通ったとき、川岸近くにふたりの男が立っていた。にゃご松と安次郎だった。

ふたりは刀十郎の姿を目にすると、声をかけようとして歩みだしたが、ふいに足がとまった。刀十郎の後方に、三人の人影が見えたのだ。

三人の男が、小走りに刀十郎に迫ってくる。遠方ではっきりしなかったが、ひとりは牢人体で、他のふたりは遊び人ふうだった。

……小俣たちだ！

と、にゃご松は直感した。

三人の男は小俣と粂次郎、それに伊之助だった。にゃご松は、粂次郎と伊之助のことは知らなかった。

「にゃ、にゃご松、どうする」

安次郎の声は震えを帯びていた。安次郎も三人の男が迫ってくるのに気付いたのだ。

「安、おめえは足が速《はえ》え。長屋につっ走って、島田の旦那に知らせろ」

にゃご松は声をつまらせて言った。何かあったら、知らせろ、と宗五郎に言われていたのだ。それに、にゃご松も安次郎も戦う武器は持っていなかった。大道芸は巧みだが、喧嘩はまるっきり駄目なのである。

「お、おめえは、どうするんだ」

安次郎が訊いた。

「おれは、刀十郎の旦那に知らせる。安、何をもたもたしてるんだ。つっ走れ!」

にゃご松が声を上げた。

「合点だ!」

安次郎は、鉄砲玉のような勢いで、永代橋にむかって駆けだした。橋を渡り、大川端をつっ走って、川向こうの宗五郎に知らせるのだ。

にゃご松も駆けだした。刀十郎に知らせ、宗五郎が駆け付けるまで何とか逃げるのである。

「旦那!」

にゃご松は、刀十郎に走り寄って声をかけた。

「どうした、にゃご松」

刀十郎は足をとめて訊いた。にゃご松の顔がこわばっている。

「旦那、小俣たちが追ってきやすぜ」

「なに！」

刀十郎は通りの先に目をやった。

なるほど、三人の男が小走りに近付いてくる。ひとりは、小俣らしかった。他のふたりの町人体の男はだれか分からなかったが、馬五郎の子分のなかでも腕の立つ男にちがいない。

……まずいな。

と、刀十郎は思った。小俣の他に、腕の立つ男がふたりもいては勝負にならないだろう。にゃご松は戦力にならなかった。助けようとするだけ、かえって足手纏いである。

「旦那、逃げやしょう。安次郎が、長屋に走っていやす。島田の旦那が、駆け付けるはずでさァ」

にゃご松が言った。

「よし、逃げよう」

刀十郎も、逃げるしか手はないと思った。すでに、小俣たちは半町ほどに迫っている。

刀十郎は駆けだした。にゃご松もついてくる。ふたりの足は意外に速かった。小俣たちとの距離は縮まらない。

このまま、逃げられるかもしれない、と刀十郎が思ったときだった。前方に人影が見えた。

仙台堀にかかる上ノ橋の手前に、ふたりの男が立っている。

松造と平助だった。

……挟み撃ちだ！

おそらく、ふたりは別の路地をたどって先まわりしたのであろう。

「にゃご松、やるしかないようだぞ」

刀十郎は足をとめた。

敵は五人である。とても、勝ち目はなかった。だが、逃げ場はない。何とか宗五郎たちが駆け付けるまで、持ちこたえるしかないようだ。

「だ、旦那、五人もいやすぜ」

にゃご松が恐怖に顔をゆがめた。

「後ろに下がれ。手を出すなよ」

刀十郎は、岸際の柳を背にして立った。

にゃご松は、柳の後ろへまわって、足元の石をいくつか拾い上げた。せめて、石礫《つぶて》でも投げて、刀十郎に加勢しようと思ったらしい。

通りの左右から、五人の男がばらばらと駆け寄ってきた。小俣が刀十郎の正面に立ち、他の四人が取りかこむように立った。

「首売り屋、その首、もらいうけるぞ」
小俣が刀十郎を見すえて言った。猛禽のような目だった。全身から鋭い殺気を放っている。
取りかこんだ四人の男も、不気味だった。いずれも血走った目をし、手に匕首を握ってい
た。牙を剝いて獲物に迫る群狼《ぐんろう》のようである。
……四人の男も、あなどれない！
と、刀十郎は思った。いずれも喧嘩慣れし、匕首の遣い方も巧みなようである。
四人のなかでも、左手と右手前に立ったふたりの男の腕がいいようだった。ふたりの身構
えには硬さがなかった。身辺には、多くの修羅場をくぐって身につけたと思われる野獣のよ
うな果敢さと残忍さがただよっている。
左手の眉の濃い、頤の張った男が粂次郎で、右手ののっぺりした顔の男が松造だった。刀
十郎は、粂次郎のことは知らなかったが、松造は分かった。鶴造と顔がよく似ていたからで
ある。
「まいるぞ！」
小俣がゆっくりした動作で抜刀した。
「おお！」
刀十郎も刀を抜いた。

7

「だ、旦那！　大変《てえへん》だ」

安次郎が宗五郎の家の戸口から飛び込んできた。走りづめで来たらしく、肩で激しく息をしている。

座敷で、初江と差し向かいで茶を飲んでいた宗五郎は腰を浮かせ、

「どうした、安次郎」

と、声を上げた。

「と、刀十郎の旦那が、襲われやす。あ、相手は三人……」

安次郎が声をつまらせて言った。

「場所は、どこだ」

宗五郎は立ち上がって、部屋の隅に置いてあった刀をつかんだ。

「お、大川端、川向こうでさァ」

「よし、安次郎、初江、ふたりで長屋の男たちを掻き集めて、連れてこい」

言いざま、宗五郎は戸口へ下りた。

「分かったよ」

初江は目をつり上げて立ち上がった。こうしたことは初めてではなかったが、初江の全身がワナワナと顫えている。

「行くぞ」

宗五郎は手早く袴の股だちを取り、外へ飛び出した。

威勢よく飛び出して駆けだしたはいいが、すぐに息が上がって胸が苦しくなった。無理のできない老体である。それに、ちかごろこんなに長い距離を走ったことはなかったのだ。

「と、歳だ……」

宗五郎が喘《あえ》ぎながら言った。それでも、老体に鞭打《むちう》ちながら、懸命に走った。刀十郎の命があやういのである。

そのとき、刀十郎は小俣と対峙していた。小俣は青眼、刀十郎は下段である。

小俣の切っ先は、ピタリと刀十郎の目線につけられていた。腰の据わったどっしりした構えで、剣尖にはそのまま突いてくるような威圧があった。以前、対峙したときと同じ構えである。

対する刀十郎は、下段に構えた。刀身がやや高く、切っ先が小俣の下腹につけられている。

刀十郎と小俣の間合は、およそ三間半。まだ、斬撃の間からは遠い。

……ふたりの男が、どうくるか。

刀十郎は左手の粂次郎と、右手の松造の動きが気になった。ふたりの構えに、いまにも踏み込んでくるような気配があったのだ。どちらかが、小俣より先に仕掛けてきそうである。

初手は松造のようだ、と、刀十郎は読んだ。

松造の全身に殺気がみなぎっている。厄介な相手だった。松造は弟の鶴造を失ったこともあって、捨て身で斬りかかってくるにちがいない。

……先《せん》をとらねば、斬られる。

と、刀十郎は察知した。

松造の攻撃をかわしても、刀十郎が動いた瞬間をとらえて、小俣が鱗返しを遣ってくるはずである。なんとか初太刀をはずしても、神速の二の太刀はかわしようがない。

刀十郎はすぐに仕掛けた。

つ、と左手に半歩踏み込んで、粂次郎を牽制《けんせい》しておいて、
タアッ！

裂帛の気合を発し、右手に踏み込みざま斬り込んだ。

袈裟へ。一瞬の太刀捌きである。

咄嗟に、松造は大きく後ろへ跳んだ。

刀十郎の切っ先は空を切ったが、すばやい体捌きで小俣に相対し、ふたたび下段に構えた。

刀十郎は、遠間のため松造に切っ先がとどかないことを初めから承知していたのだ。松造と条次郎を間合から遠ざけるために、動いたのである。

この刀十郎の動きを小俣がとらえた。

イヤァッ！

小俣は裂帛の気合を発しざま、袈裟へ斬り込んできた。

だが、刀十郎は小俣の斬り込みを読んでいた。そして、下段の構えはくずさず、背後にわずかに身を引くことで小俣の斬撃をかわした。見切ったのである。

間髪をいれず、小俣の二の太刀が刀十郎を襲った。

キラッ、と刀身がひかり、袈裟から水平へ――。神速の鱗返しである。

刹那、刀十郎の体が躍動し、閃光がはしった。下段から、刀身を撥ね上げたのだ。

キーン、と甲高い金属音がひびき、ふたりの刀身が撥ね返った。刀十郎のふるった刀身が、小俣の斬撃を撥ね上げたのである。

刀十郎の太刀捌きも迅かった。飛燕を思わせるような速攻の剣である。

次の瞬間、ふたりはさらに斬撃をあびせながら後ろへ跳んで間合をとった。

刀十郎の着物の肩先が裂け、肌にかすかに血が浮いた。小俣の切っ先がとらえたのだが、浅手である。

一方、小俣の右手の甲にも血の色があった。離れぎわに、籠手へ斬り落とした刀十郎の切っ先が浅く皮肉を裂いたのだ。

「初手は互角か」

小俣がくぐもった声で言った。口元に薄笑いが浮いている。だが、目は笑っていなかった。切っ先のような鋭いひかりを放っている。

「てめえの土手っ腹に、風穴をあけてやるぜ！」

松造が吼えるような声で言った。

右手の松造、左手の粂次郎。ふたりとも、全身に激しい気勢を込めて迫ってきた。その動きと対応するように、小俣がジリジリと間合をせばめてくる。

……同じ手は、遣えぬ！

刀十郎は下段に構えたまま後じさった。先に松造か粂次郎に仕掛けられたら、小俣の鱗返しはかわせないだろう。

刀十郎はすこしずつ後退した。小俣が斬撃の間に入るのを恐れたのである。

だが、刀十郎の足がとまった。踵《かかと》が川岸に迫り、それ以上下がれなくなったのだ。

小俣、松造、条次郎が、三方から間合をつめてくる。

とそのとき、にゃご松が、

「島田の旦那だ！」

と叫びざま、手にした石礫を小俣にむかって投げつけた。

その礫が小俣の袴に当たった。小俣は驚いたような顔をして背後に跳び、通りの先に視線を投げた。

人影が濃い暮色のなかに見えた。武士がひとり、泳ぐような格好でよたよたと駆けてくる。

「旦那！　島田だ」

条次郎が叫んだ。

一瞬、小俣の顔に逡巡するような表情が浮いたが、

「条次郎、伊之助、平助、三人で島田の相手をしろ。刀十郎は、おれと松造でしとめる」

と、指示した。宗五郎が助太刀にくわわっても、五人ならふたりを斃せると踏んだのであろう。

「へい」

と条次郎が応《こた》えて、駆け寄ってくる宗五郎に体をむけた。

「だ、旦那、駄目だ！」

条次郎が甲走った声を上げた。

「どうした、条次郎」

小俣は青眼に構え、刀十郎を見すえたまま訊いた。

「大勢、来やがった！」

条次郎の声には、悲鳴のようなひびきがあった。

「なに」

小俣はすばやく後じさり、刀十郎との間を取ってから目を転じた。

刀十郎も松造も、通りの先に目をむけた。

よろよろと駆けてくる宗五郎の背後に、大勢の人影が見えた。首売り長屋の住人たちだった。男たちだけでなく、女や子供の姿も混じっていた。手に手に心張り棒や天秤棒などを持っている。下駄や草履の音がひびき、刀十郎とにゃご松を呼ぶ声が聞こえた。まるで、濃い夕闇のなかから大勢の人間が湧《わ》き出てきたようである。

「ひ、引け！」

小俣が叫んだ。顔がひき攣っている。

これだけの多数が相手では、せっかくの剣も殺しの経験も役立たないのだ。小俣は反転して走りだした。慌てて、条次郎たちが後を追う。

刀十郎のそばに走り寄った宗五郎が、

「に、逃げたか……」

と、喘ぎながら言った。ひどく、苦しそうである。身をかがめて膝頭を両手でつかみ、背中を上下させて激しく息をついている。よほど、急いで来たらしい。

「……と、歳には、勝てぬ。……いやァ、苦しい……」

宗五郎が苦しそうに言った。

……これでは、駆け付けても、刀を抜くこともできないではないか。

と刀十郎は思ったが、胸に熱いものが込み上げてきた。宗五郎は刀十郎を助けようとして、必死で駆け付けてきたのである。

宗五郎につづいて、権十、安次郎、浅吉、為蔵……それに初江や千鳥、長屋の女房連中、子供、年寄りの姿もあった。いずれも目をつり上げ、必死の形相である。

「と、刀十郎の旦那、松造たちは、どこへ行きやした」

為蔵が手にした心張り棒を振り上げて叫んだ。赤ら顔が紅潮し、茹《ゆ》で蛸《だこ》のように真っ赤に染まっている。見開いた白い目玉が、飛び出しそうである。

「逃げた。すまない、みんなのお蔭で、助かったよ」

刀十郎は声を震わせて叫んだ。
長屋の住人の気持ちが、嬉《うれ》しかったのである。

第六章　救出

1

首売り長屋は、深い夜陰につつまれていた。寅ノ上刻（午前三時過ぎ）ごろである。ふだんは賑やかな長屋も、いまはひっそりと寝静まっている。

宗五郎の家の前に、五人の男が集まっていた。刀十郎、宗五郎、権十、それににゃご松と浅吉である。いつになく、五人の顔はけわしかった。

刀十郎が小俣たちに襲われた三日後だった。刀十郎たちは永代寺門前町へ出かけ、吉松屋の離れから小雪を助け出すつもりだったのだ。小雪が離れに監禁されているらしいと分かってから三日後になったのは、小雪を助け出す前に、山本町にある馬五郎の住処をつきとめたかったからである。

昨日やっと、馬五郎の住む仕舞屋が分かった。町家としては大きな家屋で、生け垣をまわし、狭いが松や梅を配した庭もあった。近所で聞き込み、馬五郎の暮らしぶりもつかめた。

馬五郎は、その家に年増と住んでいるという。また、刀十郎たちの襲撃を恐れてか、ちかごろは源蔵と伊之助も同居しているそうである。

刀十郎といっしょに仕舞屋を探りに行った権十が、

「離れにいるのは小俣と粂次郎。それに、若い衆もひとりやふたりはいるはずだ」

と、帰り道で言いだした。

「こちらも、それなりの人数が必要だな」

小雪を助け出すためには、刀十郎と宗五郎のふたりだけでは戦力不足である。

「おれも行こう」

権十が言った。

そんなやりとりがあって、権十の手も借りることになったのである。

安次郎と為蔵もいっしょに行くと言ったが、刀十郎は断った。頭数が多過ぎると、踏み込む前に小俣たちに察知され、小雪を盾にとられる恐れがあったのだ。それに、小俣たちと斬り合うようなことになれば、長屋の男たちからも死者が出るだろう。刀十郎は、これ以上犠牲者を出したくなかったのである。

ただ、にゃご松と浅吉には同行を頼むことにした。ふたりは離れのなかには踏み込まず、付近に待機させておくつもりだった。刀十郎たちが小俣に斃された場合、長屋の者や堂本に知らせるためである。

「そろそろ出かけようか」

宗五郎が低い声で言った。宗五郎もふだんのふくよかな顔ではなかった。剣客らしいひきしまった顔をしている。

「みんな、気をつけておくれよ」

初江が、心配そうな顔で男たちを送り出した。

長屋を出た刀十郎たちは、両国広小路に出て両国橋を渡った。東の橋詰に、ひとりの武士が立っていた。秋元小三郎である。

一昨日、刀十郎は秋元にも連絡を取った。小俣と立ち合うであろうことを、事前に秋元に話しておきたかったのだ。

刀十郎から事情を聞いた秋元は、

「おれも、同行させてくれ」

と、即座に言った。秋元にすれば、小俣に一太刀なりとも浴びせたいのであろう。

「いっしょに来てくれ」

刀十郎は、すぐに承知した。秋元も大きな戦力になるだろう。

そこで、ふたりは両国橋の橋詰で待ち合わせることにしたのである。

「よしなに」

秋元は刀十郎と宗五郎に目をむけて頭を下げた。秋元の顔がこわばっていた。気が昂っているらしい。無理もない。やっと、小俣を討つ機会がきたのである。

刀十郎たち六人は、大川端を深川にむかって歩いた。まだ、辺りは深い夜陰につつまれ、上空は無数の星の輝きで埋まっていた。大川も闇につつまれ、黒い川面がわずかに識別できるだけである。足元から轟々《ごうごう》と、流れの音が聞こえてくる。

冨ケ岡八幡宮の門前通りに入り、一ノ鳥居をくぐった。吉松屋のある永代寺門前町はすぐそこである。

「夜明けまでには、間があるな」

宗五郎が上空を見上げて言った。

すでに東の空は明らんでいたが、闇はまだ深かった。刀十郎たちは、払暁《ふつぎょう》を待ってから離れに踏み込むつもりだった。勝手の分からない他人の家に、夜中踏み込むのは危険である。敵にどこから襲われるか分からないし、同士討ちの恐れもある。

「舅どの、こちらです」

刀十郎は先に立って、吉松屋のある路地を歩いた。

路地に人影はなく、板戸をしめた通り沿いの店はひっそりと夜の帳《とばり》につつまれている。

「あれが、吉松屋です」

刀十郎が路傍に足をとめて言った。

二階建ての店舗は、深い夜陰につつまれていた。起きている者はいないらしく、物音も話し声も聞こえてこない。

「離れは」

宗五郎が訊いた。

「店の脇から行けやす」

にゃご松が、吉松屋の店舗の脇に連れていった。店の木戸の脇に、人がひとり通れるだけの細い路地があった。

「こっちでさァ」

にゃご松が先に立って歩きだした。どうやら、にゃご松は路地を通って離れの近くまで行ったことがあるらしい。

離れは吉松屋の裏手にあった。家屋のまわりには、紅葉《もみじ》、槙《まき》、梅、つつじなどの植え込みがあった。刀十郎たちは植え込みの陰に身を寄せた。

離れの戸口はしまっていた。洩れてくる灯もなく、深い静寂につつまれている。

刀十郎たちは、その場で戦いの支度を始めた。支度といっても袴の股だちを取り、細紐で襷《たすき》をかけるだけである。

「あと、小半刻（三十分）ほどだな」

宗五郎が上空を見上げて言った。

東の空に茜《あかね》色がひろがり、上空の青さが増していた。星のまたたきもうすれている。夜陰のなかに、木や家の輪郭がはっきり見えてきた。

「おれが、戸を見てくる」

そう言い残し、権十が足音を忍ばせて樹陰から戸口へまわった。巨漢で強力の主だが、意外に動きは敏捷《びんしょう》である。

いっときすると、権十がもどってきた。

「心張り棒が支《か》ってあるようだ」

「どうするな」

宗五郎が訊いた。

「あっしが、こいつでこじあけまさァ」

権十が懐から、錆《さ》びた鑿《のみ》を取り出した。鑿の先を敷居と板戸の間に差し込んで、こじあけるという。鑿は戸を破るために、権十が用意したようだ。

「おれと権十は、一気に奥へ走る。秋元と舅どのは、小俣と粂次郎を相手にしてくれ」

　刀十郎は、まず小雪の監禁場所をつきとめ、助け出したいと思っていた。離れの部屋数は、五間か六間あるだろうと見ていた。廊下や台所もあるはずである。小雪の監禁場所を探すのも、容易ではない。

「そろそろだな」

　辺りがだいぶ明るくなり、東の空に陽の色がひろがってきた。そろそろ払暁である。木々や家の軒下にはまだ淡い夜陰が残っていたが、闇に視界をとざされるようなことはなくなっていた。

2

「踏み込むぞ」

　宗五郎が声をかけた。

　にゃご松と浅吉をその場に残し、四人の男が足音をしのばせて戸口へむかった。まだ、起き出した者はいないらしく、家のなかから物音も話し声も聞こえなかった。

「破りやすぜ」

　権十が手にした鑿を戸と敷居の間に差し込んだ。そして、鑿を握った手に力を込めるとべキッという音がして戸板の端が割れ、戸が浮き上がって揺れた。権十の強力で戸がはずれかかっている。

と、何か硬い物が土間に落ちた音がした。心張り棒が外れたらしい。

すかさず、権十が戸に手をかけてあけ放った。

「行くぞ」

刀十郎と権十が踏み込み、宗五郎と秋元がつづいた。

戸口を入ってすぐ、土間になっていた。土間につづいて狭い板敷の間があり、その先に障子がたててあった。座敷らしい。右手の隅が奥へつづく廊下になっている。

刀十郎は板敷の間に踏み込み、障子に身を寄せた。人のいる気配はなかった。監禁場所はここではない、と刀十郎は察知し、廊下へ走った。

そのとき、奥で夜具を撥ね除《の》けるような音がし、上ずった男の声が聞こえた。小俣たちが侵入者に気付いて起きたようだ。

……ぐずぐずできぬ！

刀十郎は廊下を奥へ走った。小雪を盾にとられる前に、助け出さねばならない。

刀十郎たちが離れに踏み込んだとき、小雪は目覚めていた。浅い眠りについていたが、表の引き戸をこじあける音で目が覚めたのである。

離れに捕らえられてから耳にしたことのない異様な音だった。小雪は離れに何か異変が起ころうとしていることに気付いた。

引き戸をこじあける音につづいて、床板を踏む複数の足音が聞こえた。何者かが、離れに侵入したのだ。

……刀十郎さまが、助けに来てくれた！

小雪は察知した。

廊下に荒々しい足音がひびき、障子をあける音が聞こえた。小雪は祈るような気持ちで、廊下側の障子に目をやった。心ノ臓が激しく鳴っている。

刀十郎は廊下を走りざま、戸口からつづく座敷の障子をあけた。なかに、ふたりの男がいた。薄暗いため、顔ははっきりしなかった。ひとりは何か喚《わめ》きながら部屋の隅に立っていた。手元がにぶくひかっている。匕首らしい。もうひとりは、寝間着の裾を上げて、後ろ帯に挟んでいるところだった。

「刀十郎だ！」

匕首を手にした男が叫んだ。粂次郎である。

刀十郎は、ふたりにかまわずさらに奥へむかった。権十がついてくる。

「刀十郎さま！　ここです」

そのとき、障子の向こうで小雪の叫び声が聞こえた。

小雪は粂次郎の声を聞いて、すぐ近くに刀十郎が来ていることを知り、声を上げたのである。

刀十郎は障子をあけ放った。薄暗い座敷に女の姿が見えた。

小雪である。小雪は部屋の隅の柱に後ろ手に縛られていた。

「小雪！」

刀十郎は飛び込んだ。

薄闇のなかで、小雪の色白の顔が浮き上がったように見えた。眉宇を寄せ、いまにも泣きだしそうに顔をゆがめている。衰弱してやつれてはいたが、怪我《けが》をしている様子はなかった。

刀十郎は小雪の脇に膝を折ると、小雪の肩をつつむように両腕をまわして、強く抱きしめた。小雪の華奢《きやしや》な体が刀十郎の腕のなかで、傷ついた雛のように顫えている。

「刀十郎さま、刀十郎さま……」

小雪は、顔を刀十郎の胸に押し付けるようにして、刀十郎の名を涙声で呼びつづけた。

だが、刀十郎と小雪が抱き合っていたのは、わずか数瞬だった。廊下で慌ただしい足音がし、小俣、庭へ出ろ！　という秋元の甲走った声がひびいた。つづいて、宗五郎の声と条次郎たちの怒号が聞こえた。座敷に踏み込んだ宗五郎が、条次郎たちとやり合っているらしい。

「小雪、いま縄を切る」

刀十郎は小雪から身を離すと刀を抜き、後ろ手に縛られた縄を切ってやった。

「小雪、立てるか」

「は、はい……」

小雪は刀十郎にすがりながら立ち上がった。足元がふらついている。

「刀十郎の旦那、奥の座敷にもだれかいるようですぜ」

権十が言った。物音と、助けを呼ぶ声が聞こえたらしい。

「だれか、捕らえられているようです」

小雪が小声で言った。

「越前屋の倅だろう。権十、助けてやってくれ」

「承知した」

権十はすぐに廊下に出て奥の座敷へむかった。

刀十郎は小雪の脇に手をまわして抱え上げ、裏手の台所から背戸をあけて外へ出た。そして、店舗の方へ大きく迂回し、戸口近くの樹陰に身をひそめているにゃご松と浅吉のそばに小雪を連れていった。

「小雪のそばにいてくれ」

と言って、ふたりに小雪の身を託し、刀十郎は戸口の脇から庭へまわった。

小俣と秋元が、庭で立ち合っているはずだった。刀十郎は、秋元ひとりでは小俣に返り討ちに遭うのではないかとみていたのである。

3

縁先の前で、小俣と秋元が対峙していた。小俣と秋元は、相青眼に構えている。秋元の右肩が裂け、血の色があった。鱗返しの二の太刀をあびたらしい。ただ、それほどの深手ではないようだ。秋元も遣い手だったので、小俣の斬撃をまともには受けなかったのだろう。

庭には、宗五郎と粂次郎の姿もあった。戦いの場を家のなかから、庭に移したらしい。宗五郎は粂次郎に切っ先をむけていた。粂次郎は匕首を構えていたが、顔がひき攣り、腰が浮いていた。宗五郎の構えに威圧されているようである。

……舅どのが、後れをとるようなことはない。

そう読み、刀十郎は秋元のそばへ走った。

「助太刀いたす」

刀十郎は秋元の脇に立って、切っ先を小俣にむけた。

「卑怯な！　ふたりでかからねば、おれを討てぬか」

小俣の顔に憎悪の色が浮いた。

「小俣、大川端では、うぬも五人でおれを襲ったではないか」

小俣は、敵を斬るのに手段を選ばぬ男だった。その小俣に、卑怯呼ばわりされることはないのである。

「刀十郎、大川端での決着をつけようぞ」

小俣は切っ先を刀十郎にむけた。刀十郎との勝負のけりをつけようと思ったらしい。

「望むところだ」

刀十郎は下段に構えた。

秋元は一歩身を引いて間合をとったが、切っ先は小俣にむけたままである。小俣が隙を見せれば、斬り込んでいくつもりなのだ。

刀十郎と小俣の間合は、およそ三間半。斬撃の間からは、まだ遠い。

小俣が趾《あしゆび》を這うようにさせて、ジリジリと間合をせばめてきた。全身に気勢が満ち、剣尖には一撃必殺の気魄《きはく》がこもっている。

刀十郎は気を鎮めて、小俣の気の動きを読んでいた。

……同じ手は遣うまい。

と、刀十郎は踏んだ。小俣は多くの真剣勝負の修羅場をくぐってきた男である。以前、対戦したときとは刀法や太刀筋を変えてくるはずである。

ただ、鱗返しの必殺剣で勝負をかけてくることだけはまちがいないだろう。

ふいに、小俣の寄り身がとまった。斬撃の間境の一歩手前である。この間合では、踏み込んでも切っ先はとどかないはずである。

……何か、仕掛けてくる！

と、刀十郎は察知した。

おそらく、鱗返しをふるう前に何か攻撃を仕掛けるはずである。

小俣は全身に気魄を込め、斬り込んでくる気配を見せた。気攻めである。気魄で、刀十郎の構えをくずそうとしているのだ。

だが、刀十郎は動かなかった。下段に構えたまま、気を鎮めて小俣の気の動きをとらえようとしている。

そのとき、ギャッ！　という粂次郎の絶叫が静寂をつんざいた。宗五郎に斬られたのである。

瞬間、ピクッと小俣の剣尖が沈み、全身に斬撃の気がはしった。

……この遠間から、斬り込んでくるのか！

刀十郎が頭の隅で思ったとき、
タアッ！

小俣は裂帛の気合を発し、踏み込みざま袈裟に斬り込んできた。が、遠間のため切っ先は刀十郎までとどかない。

刀十郎は動かずに、この斬撃を見切った。

ところが、袈裟に斬り下ろした瞬間、小俣はすぐに二の太刀をふるってきた。なんと、小俣は袈裟に斬り下ろした刀身を返しざま、逆袈裟に斬り上げたのである。

咄嗟に、刀十郎は背後に身を引いて小俣の斬撃をかわしたが、体勢がくずれた。

間髪をいれず、小俣は逆袈裟から刀身を返して水平に払った。神速の連続技である。

鱗返しの変形だった。小俣は袈裟からではなく、逆袈裟から連続して刀身を水平に払ったのである。

瞬間、刀十郎はさらに身を引きざま下段から刀身を撥ね上げた。

が、間に合わなかった。刀十郎の切っ先は空を切り、左の肩先に疼痛《とうつう》がはしった。

ザクリ、と着物が裂け、あらわになった肌から血が噴いた。小俣の斬撃をあびたのである。

だが、命にかかわるような深手ではなかった。

すかさず、小俣は振りかぶりざま踏み込んできた。刀十郎を仕留めようと思ったのであろう。

そのとき、小俣の左手にいた秋元が鋭い気合を発し、斬撃の気配を見せた。

瞬間、小俣の視線が左手にいる秋元に流れた。

この一瞬の隙を刀十郎がとらえた。

ヤアッ！

刀十郎は鋭い気合を発し、青眼から袈裟に斬り込んだ。電光石火の斬撃だった。首売りの見世物で鍛えた体が勝手に反応したのだ。飛燕のような太刀捌きである。

小俣がのけぞった。肩口が裂け、血が噴いた。刀十郎の一撃が小俣の肩口をとらえたのである。

「小俣、覚悟！」

秋元が声を上げて、斬り込んだ。

咄嗟に、小俣は真っ向へ斬り下ろした秋元の斬撃をかわそうとして上体を横に倒した。その首根に、秋元の切っ先が入った。

首根から噴き出した血飛沫《ちしぶき》が驟雨《しゅうう》のように降りそそいだ。小俣は血を撒《ま》きながらよろめき、足をとめると、腰から沈み込むように転倒した。悲鳴も呻き声も聞こえなかった。首根から噴き出す血が、地面を打っている。その音が、かすかに聞こえてきた。

「秋元、小俣を討ったな」

刀十郎が言った。

「おぬしのお蔭だ。……刀十郎、その傷は」

秋元が刀十郎の肩先に目をむけて訊いた。

「なに、かすり傷だ」

まだ、出血していたが、それほどの深手ではなかった。

刀十郎は宗五郎に目を転じた。すでに、宗五郎は条次郎を斃していた。

「舅どの、小雪を助けましたぞ」

刀十郎は、宗五郎のそばに走り寄って言った。

「よかった。……これで、離れの方は始末がついた」

宗五郎が安堵したように言った。

宗五郎によると、条次郎といっしょに平助がいたらしい。宗五郎は平助を廊下で斬ったが、条次郎が庭に逃げたので、追って出たという。

「これから、山本町へ行きますか」

まだ、馬五郎と松造が残っていた。刀十郎たちは、離れで小雪を助け出した後、すぐに山本町へ出向いて馬五郎たちを討つことにしていたのだ。間を置いて、馬五郎が小俣たちの死を知れば、姿を消してしまうからである。

「その前に、おまえの傷を見せてみろ」

宗五郎は、刀十郎をその場にかがませて傷の様子を見た後、懐から手ぬぐいを取り出して傷口に宛がった。

「大事あるまい」

そう言って、宗五郎がうなずいた。

4

山本町にむかったのは、刀十郎、宗五郎、権十、それににゃご松だった。

馬五郎たちを始末するのに、秋元の手を借りるわけにはいかなかったのだ。それに、小雪と里之助を無事に首売り長屋へ連れて帰るためにも、腕の立つ者に同行して欲しかった。そこで、秋元には、浅吉とともに長屋へ足を運んでもらうことにしたのである。

「行きやすぜ」

　にゃご松が、先に立った。

　朝陽が家並を照らし、町筋は朝の賑わいを見せ始めていた。ただ、明け六ツ（午前六時）を過ぎたばかりだったので、人影はまばらだった。朝の早いぼてふりや豆腐売りなどが目につく。

　にゃご松は、掘割に突き当たると、堀沿いの路地を一町ほどたどって足をとめた。

「あれが、馬五郎の塒でさァ」

　にゃご松が、通り沿いの家を指差して、宗五郎に言った。

　まわりの生け垣越しに、樹形をととのえた松や梅の庭木が見えた。柘植《つげ》の生け垣も綺麗に刈り込んである。庭の手入れは行き届いているようだ。

　刀十郎たちは、足音を忍ばせて生け垣の陰に身を寄せた。家のなかから、水を使う音やくぐもった男の声が聞こえてきた。住人は起きているらしい。

「裏口は」

　宗五郎が訊いた。

「ありやす。裏手から生け垣を越えれば、別の路地へ出られやすよ」

　にゃご松が言った。

「おれが、裏手にまわろう」

権十が、拳をつかんで指を鳴らしながら言った。権十は得意の柔術を遣う機会がまだなかったので、腕が鳴っているのかもしれない。

「わしと、刀十郎が表だな」

宗五郎が、行くぞ、と声をかけた。

にゃご松を生け垣の陰に残し、刀十郎と宗五郎が表へむかい、権十が裏手へまわった。

戸口の引き戸は、すぐにあいた。狭い土間の先が、すぐ座敷になっていた。左手が奥につづく廊下になっている。

とっつきの座敷には、だれもいないようだった。静寂につつまれ、人のいる気配がなかった。

刀十郎は框から上がって障子をあけた。やはりだれもいなかった。客用の座敷であろうか。ちいさな床の間があり、山水の掛け軸がかかっていた。

そのとき、次の間から、だれかいるのか、と寂のある声がした。馬五郎がいるようだ。

刀十郎は足音を忍ばせて座敷を横切った。宗五郎がついてくる。

「だれだい、そこにいるのは」

次の間の声が、大きくなった。刀十郎たちの畳を踏む音が聞こえたのだろう。

刀十郎は、障子の手前で刀を抜いた。宗五郎は柄に右手を添えたが、まだ抜かなかった。

「行きます」

刀十郎が小声で言って、障子をあけた。

居間らしい。長火鉢を前にし、馬五郎が茶を飲んでいた。脇に、年増がひとり座っている。

馬五郎の情婦であろう。

「て、てめえたちは！」

馬五郎の顔がひき攣った。

脇にいた年増が、目を剝いて身を硬くしている。

「馬五郎、堂本座をみくびったようだな」

宗五郎が馬五郎を見すえて言った。双眸が、射るようなひかりを放っている。老いはまったく感じさせなかった。身辺に、剣客らしい凄みがただよっている。

「ま、待て。……浅草からは、手を引く」

馬五郎は立ち上がった。隙を見て、廊下へ逃げようとしているようだ。年増は足をくずし、蒼ざめた顔で身を顫わせている。恐怖で腰が抜けたのかもしれない。

「遅い！」

つかつかと、宗五郎が馬五郎に近寄った。

刀十郎は脇へ身を寄せた。この場は宗五郎にまかせようと思ったのである。

「か、金か。……金なら、いくらでも出す」

馬五郎は両手を前に突き出し、手を震わせて言った。

「わしらが欲しいのは、おまえの命だ」

言いざま、宗五郎が抜刀した。

「げ、源蔵、堂本座のやつらだ！」

馬五郎は甲走った声を上げ、廊下の障子の方へ逃げようとした。それを見た年増が、ヒイイッ、と喉の裂けるような悲鳴を上げ、畳を這って逃げだそうとした。

「逃がさぬ！」

宗五郎が腰を沈めて、刀を一閃させた。鋭い斬撃だった。まだ、腕は鈍っていないようだ。にぶい骨音がし、馬五郎の首が前にかしいだ。次の瞬間、首根から音をたてて赤い飛沫が飛び散った。

宗五郎の一颯が、首をとらえたのである。馬五郎は血を噴き出させながら、前によろめき、障子にぶち当たった。

ザザッ、と血飛沫が障子にかかり、赤い花叢《はなむら》のように染めた。その障子を前にして、馬五郎は腰から沈み込むように倒れた。

障子のそばまで逃げた年増は、目をつり上げて畳にへたり込んでいた。腰が抜けて動けなくなったらしい。その顔に血飛沫が飛び、血まみれになって瘧慄《おこりぶる》いのように激しく身を顫わせている。

そのとき、親分！　という声が聞こえ、荒々しく廊下を駆ける音がひびいた。源蔵らしい。

刀十郎は障子をあけて廊下へ飛び出した。やはり、源蔵である。

源蔵は抜き身を引っ提げていた。長脇差であろう。

「やろう！　生かしちゃァおかねえ」

源蔵は、憤怒に顔を赭黒く染めて迫ってきた。

刀十郎は腰を低くして青眼に構えた。廊下は狭く、下段や八相から刀を振りまわすことはできないとみたのである。

源蔵は、三間ほど間をおいて足をとめた。刀十郎と斬り合ってもかなわないと思ったのだろう。両腕を前に突き出すようにして身構えたが、腰が引けている。

「どうした、来ぬのか」

刀十郎が一歩踏み出した。

源蔵の顔が恐怖にゆがんだ。長脇差の切っ先も震えている。

かまわず、刀十郎はさらに一歩踏み込むと、下から源蔵の長脇差の切っ先を撥ね上げた。

ウワッ、という気合とも悲鳴ともつかぬ声を上げ、源蔵が身を引こうとした。

その一瞬を、刀十郎がとらえた。

刀十郎は己の刀身で長脇差の刀身を押さえながら踏み込み、そのまま源蔵の胸を突いたのである。

源蔵が身をのけ反らせた。深々と刺さった切っ先が背から抜けている。源蔵はつっ立ったまま顔をゆがめ、低い呻き声を上げた。

刀十郎は刀の柄を握ったまま源蔵に身を寄せて動きをとめていたが、肩先で源蔵を押して身を引いた。

刀身が抜けるのと同時に、源蔵の胸から血が迸《ほとばし》り出た。数瞬、源蔵は顔をゆがめたままその場につっ立っていた。見る間に、源蔵の上半身が血で染まっていく。

ゆらっ、と源蔵の体が揺れた。がっくりと両膝をつき、廊下にへたり込んだ。そして、首を前に垂らして動かなくなった。胸部からは、まだ血が流れ出ていたが、事切れたようである。

そこへ、宗五郎が顔を出した。

「残るは、松造と伊之助か」

「裏手に行ってみましょう」

刀十郎は足早に裏手へむかった。

裏手から何か物を投げるような音と、男の怒号が聞こえた。権十が戦っているようである。

刀十郎と宗五郎は廊下から台所へ出た。背戸があいたままになっていた。地面を踏む音と、野獣の咆哮《ほうこう》のような叫び声が聞こえた。

刀十郎たちは背戸から飛び出した。

権十が、松造の襟首をつかんで締め上げているところだった。権十は鉄手甲を遣わず、柔術で相手をしているようだ。

権十の顔が赭黒く染まっていた。さきほど聞こえたのは、叫び声でなく、首を絞め上げるときに発する権十の気合らしい。

ふいに、ガクッと松造の首が垂れ、全身の力が抜けた。絶命したようである。

権十は襤褸でも放り出すように、松造を脇に投げ捨てた。

刀十郎と宗五郎は、権十のそばに走り寄った。

見ると、権十の左の二の腕が血に染まっている。松造の匕首をあびたのかもしれない。

「権十、腕をやられたのか」

刀十郎が訊いた。

「なに、蚊に刺されたようなものだ」

権十が苦笑いを浮かべて言った。まだ、出血していたが、たいした傷ではないようだった。

「伊之助はどうしたな」

宗五郎が訊いた。

「あそこで、寝てまさァ」

権十が裏口の脇を指差した。

町人体の男が横たわっていた。まったく動かない。血の色はなく、死んでいるようである。

権十によると、裏口から飛び出してきた伊之助を投げ飛ばすと、頭から地面に落ち、首の骨を折って死んだという。

「おそろしい男だな」

刀十郎が、あきれたような顔をして言った。

「いずれにしろ、これで始末がついたわけだ」

そう言って、宗五郎が上空に目をやった。

晴天だった。秋の陽が降りそそぎ、三人の男の影をくっきりと地面に刻んでいる。

5

「刀十郎、出仕する気はないのか」

秋元が湯飲みを手にしたまま訊いた。

小雪を助け出し、馬五郎や小俣たちを斬って半月ほど経っていた。秋元は国許に帰ることが決まったらしく、この日、刀十郎の許に挨拶に来たのである。

「ないな」

刀十郎は、いまさら彦江藩に仕える気はなかった。

「上役におぬしのことを話したら、剣術指南役は無理だが、徒組で五十石ほどなら推挙してもいい、と言ってくれたのだ」

秋元が、刀十郎の脇に座している小雪にも目をむけて言った。

小雪は、この半月ほどの間に、衰えた体力も回復し、以前のような溌剌《はつらつ》さをとりもどしていた。

「ありがたい話だが、おれはこの長屋で暮らしていくつもりだ」

そう言って、刀十郎は小雪に目をむけた。

小雪は何も言わなかったが、顔にほっとした表情を浮かべている。幼いころから、大道芸人たちの住む長屋で育てられた小雪は、武家の妻として暮らすことなど考えたこともなかったのだろう。

「そうか。堅苦しい武家奉公より、気楽でいいかもしれんな」

秋元はそう言って、すこし冷たくなった茶をすすった。

それからいっときして、秋元は腰を上げた。

「おれも、いずれ江戸へもどってくるつもりだ。そのときは、また長屋に寄らせてもらうよ」

そう言い置いて、秋元は戸口から出ていった。

秋元の背を見送った後、刀十郎が湯飲みを手にして虚空に視線をとめていると、

「ねえ、いいの、秋元さまのお話を断って」

と、小雪が小声で訊いた。

「いいさ。おれは、この長屋に来たときから、武家奉公より小雪や舅どのと暮らすことを望んだのだ。まったく後悔はしていない」

刀十郎は、語気を強めて言った。

小雪は刀十郎には何も言わなかったが、うつむいたまま、嬉しい、と小声でつぶやいた。

「小雪、深川での興行がまとまりそうだぞ」

刀十郎が声をあらためて言った。

一昨日、越前屋から話があり、主人の庄左衛門と堂本、宗五郎、彦斎の三人が、柳橋の料

理屋で宴席を持ったのだ。

刀十郎が宗五郎から聞いたことによると、そのさい庄左衛門は里之助を助けてもらった礼を述べた上で、あらためて深川の小屋を建てる資金を出し、丸太、筵、菰などを調達することを申し出たという。

さらに、庄左衛門は、浅草で興行をやるときも全面的に援助することを約束したそうである。

「深川、浅草で見世物ができるようになったし、万々歳だな」

「長屋のみんなも、喜んでいたわ」

小雪が目を細めて言った。

「おれたちの生業《なりわい》は、客の集まる場所でないとどうにもならぬからな」

刀十郎は、さて、可愛い盆栽に水でもやるか、と言って腰を上げた。今朝方、曇天だったせいもあって、まだ水をやっていなかったのだ。

晴れてきたらしく、障子に薄日が射していた。水をやらないと、弱ってしまう幼木もあるのだ。

刀十郎は、土間の隅に置いてある手桶を提げて井戸端へむかった。

水を汲んで戸口にもどると、並べてある一鉢一鉢に目をやり、樹勢、葉の汚れ、土の渇き具合などに目を配りながら、根元ちかくに水をかけ始めた。

そのとき、小雪が下駄をつっかけて外へ出てきた。並べてある鉢に目をやりながら、刀十郎の水やりの様子を眺めている。

戸口の隅の方に、数鉢の枯れた盆栽が並んでいた。欅、紅葉、萩などで、いずれもしっかり根付いていなかった幼木だった。

実は、小雪が小俣たちに捕らえられてから助け出すまでの間、刀十郎は水やりを忘れていたのだ。小雪のことが心配で、盆栽どころではなかったのである。

刀十郎は、枯れた盆栽にも根元に水をやった。葉や幹は枯れても、根は生きていて芽吹くかもしれないという期待があったのだ。

「その盆栽、枯れてしまったわね」

小雪が刀十郎に身を寄せて言った。

「ああ、水やりを忘れてしまってな」

「わたしが、長屋にもどったとき、枯れていたわ」

「いろいろ、忙しくてな」

刀十郎は、小雪のことが心配で水やりを忘れたとは言わなかった。

「…………」

小雪は、刀十郎が枯れた盆栽の根元にそっと水をかけるのを見つめていたが、ふいに眉宇を寄せて泣きだしそうな顔をし、

「盆栽より、あたしの方が可愛いんだ……」

と、涙声で言った。

小雪は、刀十郎がなぜ水やりを忘れたか分かったようである。

刀十郎は、盆栽と比べるやつがあるか、と言おうとして口をつぐんだ。そのとき、刀十郎の脳裏に、以前小雪が刀十郎の水やりを見て、あたしとどっちが可愛い、と訊いたことを思い出したからである。

「小雪」

刀十郎は水をやる柄杓の手をとめた。

「いつか、小雪に赤子《ややこ》ができたら、盆栽はみな枯れてしまうかもしれんな」

「…………」

小雪は何も言わず、恥ずかしそうに顔を伏せてしまった。白い頬が桃の花のように染まっている。

参考文献

『江戸の見世物』　川添　裕（岩波書店）
『彩色江戸物売図絵』　三谷一馬（中央公論社）
『江戸商売図絵』　三谷一馬（中央公論社）
『旅芸人のいた風景』　沖浦和光（文藝春秋）
『江戸の大道芸人』　中尾健次（三一書房）
『大江戸おもしろ商売』　北嶋廣敏（学習研究社）
『見世物小屋の文化誌』　鵜飼正樹・北村皆雄・上島敏昭／編著（新宿書房）
『江戸と東京　風俗野史』　伊藤晴雨／著　宮尾與男／編注（図書刊行会）

この作品は書き下ろしです。原稿枚数420枚（400字詰め）。

首《くび》売《う》り長《なが》屋《や》日月譚《じつげつたん》

刀十郎《とうじゅうろう》と小雪《こゆき》

鳥《と》羽《ば》亮《りょう》

平成21年11月20日　初版発行

発行人――石原正康
編集人――菊地朱雅子
発行所――株式会社幻冬舎
〒151-0051東京都渋谷区千駄ヶ谷4-9-7
電話　03(5411)6222(営業)
　　　03(5411)6211(編集)
　　振替00120-8-767643
印刷・製本―図書印刷株式会社
装丁者――高橋雅之

幻冬舎文庫

ISBN978-4-344-41387-0　C0193　と-2-20